KB107718

내가 만난 유령

내가 만난 유령

유령에 대한 회고록

존 켄드릭 뱅스 지음 | 윤경미 옮김

GHOSTS I HAVE MET,
AND SOME OTHERS

디오니소스
프로젝트

책읽는귀족은
『내가 만난 유령』을
아홉 번째 주자로 '디오니소스 프로젝트'를 이어간다.
'디오니소스'는 니체에게 이성의 상징인
아폴론적인 것과 대척되는 감성을 상징한다.
'디오니소스 프로젝트'는 고대 그리스 신화에서는
축제의 신이기도 한 디오니소스의 특성을
상징적으로 담아내려는 시도로,
우리의 창조적 정신을 자극하는 책들을 중심으로
디오니소스적 세계관에 의한, 디오니소스적 앎을 향한
출판의 축제를 한 판 벌이고자 한다.
니체는 디오니소스를 통해
세상을 해방시키는 축제에 경탄을 쏟았고,
고정관념의 틀을 깨뜨릴 수 있는 존재로
디오니소스를 상징화하였다.
자기 해체를 통해 스스로를 극복하는 존재의 상징이기도 한
디오니소스는 마치 헤르만 헤세의
"새는 알에서 나오려고 발버둥 친다. 알은 새의 세계다.
태어나려고 하는 자는 하나의 세계를 파괴해야 한다"는
의미와 맞닿아 있다.
이제 여러분을 '디오니소스의 서재'로 초대한다.

'뱅스'라는 보석, 위트 있는 작가와의 만남

　단도직입적으로 물어보자. '유령'이 있다고 믿는가. 누구나 한번쯤 유령의 존재에 대해 생각해 본 적이 있을 것이다. 흔히 동양에서는 유령이 '귀신'이라는 이름으로 불린다. 그리고 우리나라에도 전설을 포함하여 귀신에 대한 이야기가 참 많이 있다.

　귀신이든 유령이든, 인간이 과학적으로 증명하지 못한다고 '존재하지 않는다'라고 딱 잘라 말하는 것도 어찌 보면 '오만'이다. 때로는 귀신이나 유령 같은 특별한 존재에 대한 독특한 경험을 한 사람들도 더러 있을 것이니 말이다.

　나도 예전에 일본으로 여행을 간 적이 있는데, 그곳의 호텔방에서 아주 머리카락이 쭈뼛 서는 특별한 경험을 해본 적이 있다. 흔히 들리는 말에 의하면, 일본은 섬이기 때문에 귀신이 바다에 가로막혀 밖으로 못 나와서 유난히 귀신이 많은 곳이라고 한다. 물론 '믿거나 말거나'한 이야기다. 그런데 어쨌든 일본은 섬기는 귀신이 많은 나라라서 그런지 귀신을 소재로 한 만화 영화도 많다.

내 경험을 좀 더 이야기해보자면, 여행사를 통해 간 일본에서 묵었던 첫날밤이었다. 유명 온천의 호텔방에서 침대 옆에 꼭 누군가 있는 듯한 느낌을 받았다. 그래서 침대 아래로 고개를 숙여 봤는데, 아주 찰나적으로 검은 긴 머리를 늘어뜨린 누군가가 잠시 비쳤다간 순식간에 사라졌다. 물론 낯선 곳에서의 잠자리라 불안해서 착시 현상이 일어났을 수도 있다. 하지만 나는 분명히 봤다는 느낌이 들었다. 동행자도 있었기에 이야기를 해주었더니 함께 무서워했다. 어쨌든 놀란 마음을 진정시키려 했지만, 그날 밤 내내 방 안에 일행 이외에도 누군가가 있는 듯한 느낌을 받아서 잠을 잘 이룰 수가 없었던 기억이 난다.

이처럼 '옆에 누군가가 있는 듯한' 느낌을 아무도 없는 공간에서 나처럼 경험해본 사람도 있을 것이다. 그런 아주 특별한 경험이 있는 사람이 아니라도, 귀신이나 유령 같은 정체불명의 존재에 대한 호기심은 많을 것이다.

그런데 이 책 『내가 만난 유령(Ghosts I Have Met, and Some Others)』은 우리가 흔히 생각하듯이 무섭거나 어두침침한 그런 유령의 이야기는 아니다. 이 책의 저자인 존 켄드릭 뱅스가 유머 작가이기도 하기에 특유의 위트와 재치가 넘쳐서 아주 유쾌한 유령 이야기로 읽을 수 있기 때문이다.

『내가 만난 유령』의 '특급 매력'은
저자의 내공이다!

어쨌든 어찌 보면 허무맹랑한 소재일 수도 있는데, 아주 현실감 있게 점점 빠져드는 이 책의 매력은 무엇 때문일까. 아마도 미국 근대 문학계를 대표하는 저명한 편집자이자 논설가, 환상문학가, 유머작가였던 뱅스의 내공 탓이 아닐까 싶다.

특히 그가 풍자와 해학이 가득한 초자연적 허구에의 애착이 남달랐다고 하니, 뱅스의 장기가 발휘된 작품이라서 그런 건 아니었을까. 하여튼 이 책의 저자인 뱅스도 유령에 대한 남다른 관심이 있었나 보다. 이와 관련된 작품들이 많고, 뱅스 특유의 성향이 곧 하나의 장르로 인정받게 되었다니 말이다. 하지만 이 책 『내가 만난 유령』은 '뱅스 판타지'로 불렸던 이 작가 특유의 판타지 문학은 아니라고 한다.

그런데 여기서 또 다른 이야기일 수 있는데, 이렇게 재미있고 위트가 넘치고 몰입하게 만드는 뱅스의 문학이 왜 우리나라에 그동안 잘 소개가 되질 않았나 하는 궁금증이다. 『내가 만난 유령』도 국내에서 최초로 번역되는 작품이다. 현재 우리나라에 번역된 뱅스의 작품은 거의 소수인 것 같다. 내가 외국 소설 중 제일 재미있게 읽었던 책들은 서머셋 모옴의 작품들, 예를 들어 『인간의 굴레』, 『달과 6펜스』,『과자와 맥주』등이다. 청소년 시기에 읽었기 때문에 벌써 이십 년도 넘었지만, 왜 『내가 만난 유령』을 읽으니까 서머셋 몸이 문득 떠오르는 걸까.

분명히 같은 스타일은 아닌 것 같은데, 서머셋 몸의 작품들을 읽을 때 아주 몰입하게 만드는 매력이 이 작품에서도 똑같이 느껴졌기 때문인 것 같다. 내가 뱅스라는 작가를 이제야 만나게 된 것이 몹시 반가웠지만, 한편으로는 안타까웠다. 마치 우리 출판계가 '직무유기'라도 한 느낌이랄까. 뱅스의 훌륭한 작품들이 많은데, 왜 우리나라에선 그리 활발하게 소개되지 못했던 걸까.

이제라도 뱅스가 우리나라 독자들에게 제대로 소개가 되는 것을 참으로 기쁘고 보람 있게 생각한다. 출판을 하는 즐거움과 의미가 이런 데 있지 않나 하는 기분이 새삼 든다. 이렇게 유쾌하고 위트가 넘치는 작가를 이제야 만나게 된 것이 늦었지만 몹시 반갑다. 물론 나와 다른 시간과 공간에 살던 작가였지만, '그대를 만나 즐겁지 아니한가!' 서머셋 몸만큼 나를 몰입하게 만드는 작가라 정말 소중한 만남이었던 것 같다. 독자들도 이 즐거움과 기쁨을 함께 느낄 수 있기를 바란다.

2016년 6월
조선우

CONTENTS

일러두기
—
『내가 만난 유령』은 1898년에 발표한
존 켄드릭 뱅스(John Kendrick Bangs)의
『Ghosts I Have Met, and Some Others』를 번역한 것이다.

GHOSTS
I HAVE MET,
AND SOME
OTHERS

나를 스쳐간 유령들

우리가 유령이라는 존재에 공포를 느끼지만 않는다면, 그리고 이러한 유령들이 우리의 안위에 눈곱만치의 영향도 미칠 수 없을 만큼 무해하고 악의 없는 존재라는 사실을 받아들이기만 한다면, 우리는 이 불가사의한 초자연적 존재들을 진심으로 즐길 수 있을 것이다.

예컨대 콜리지(Samuel Taylor Coleridge: 1772-1834, 영국의 시인이자 비평가 - 옮긴이 주)는 유령의 존재를 믿느냐는 한 여인의 질문에 이렇게 대답했다.

"부인, 저는 그저 마음속으로만 믿지는 않습니다. 실제로 유령을 너무 많이 봤거든요."

나 역시 정확히 그렇다. 이제껏 나는 다른 세계로부터 온 오싹한 방문객들을 너무나 많이 만나 봤지만 그들은 그저 희미한 두려움과 공포감을 불러 일으켰을 뿐, 내게 어떤 위해도 가하지 않았다. 외려 나는 그들에게 공포심보다는 엄청난 흥미를 느꼈다. 물론 내가 유령들과 마주칠 때마다 전율하는 신체적 감각을 온몸으로 오롯이 느끼는 것은 사실이다. 하지만 그럴 때마다 나는 당장이라도 도망치고픈 육체적 충동을 애써 뿌리치고 어떻게든 두 발로 굳건히 버텨 낸다. 그리고 그렇게 함으로써 이제껏 나는 그들에 대해 꽤 쓸모 있는 정보들을 얻어 낼 수 있었다.

지금처럼 신경을 찢어발길 듯 거센 폭풍우가 휘몰아치는 새벽 두 시에 나 홀로 집에 있을 때, 머리카락이 있어야 마땅할 자리에 미역 줄기를 축 늘어뜨리고서 초록빛 눈을 번득이며 축축한 손을 한 '무언가'가 바닥에서 갑자기 스윽 솟아오른다면, 단언컨대 나는 주저 없이 '그것'에게 자리를 권하고 담뱃불을 붙여 주며 사연을 이야기해 보라고 할 것이다. 혹은 '그것'이 여성이라면 나는 담배 대신 사르사(청미래덩굴속의 식물에서 추출한 물질 – 옮긴이 주) 음료 한 병을 꺼내어 대접할 터이다. 설령 내 비천한 몸이 전신의 경고를 울리며 신체적 두려움을 낱낱이 드러낸다 할지라도 말이다.

나는 사실 유령에 대해서라면 꽤나 많은 경험을 했다. 부디 독자들은 유령과 관련된 내 경험이 진실이라는 사실을 믿어 주었으면 한다. 하지만 모든 인간은 약하고 의심 많은 존재이며, 나 역시 그러한 사실을 잘 알고 있기에 독자들이 내 말을 온전히 믿으리라고는 기대하지 않는다. 설령 그것이 진실이라 할지라도 말이다.

그 유령은 1895년의 어느 봄, 내 서재에 나타났다. 그것과 맞닥뜨린 순간, 내 육체는 그대로 바닥에 고꾸라질 듯 했지만 정신만은 엄청난 흥분과 기대감으로 떨려왔다. 그 유령은 아무런 이유 없이 돌연 내 팔걸이의자에 모습을 드러냈고, 나는 강한 정신력을 발휘하여 나의 육체적 두려움을 굴복시켰다.

앞에서 경고했다시피, 독자들은 아마도 내 이야기의 진실성을 그대로 믿기에는 큰 부담감과 저항감을 느낄 것이다. 하지만 그럼에도 불구하고 나는 '그것'에 대한 이야기를 간략하게 해 보려 한다. 아마 독자들은 내 이야기를 도무지 믿기 힘든, 턱도 없는 소리라고 치부할 지도 모른다. 하지만 설령 그렇다 해도 어쩔 수 없다. 나는 살면서 자신이 경험한 바를 세상에 전하는 일은 인간의 소임이라고 생각하기 때문이다. 그렇기에 우리는 정신적 이해력이 가장 떨어지는 사람들조차도 명확히 알 수 있을 정도로, 자신이 보았던 모습 그대로 기록해야 마땅하다.

예컨대 화가가 여인의 초상화를 그릴 때, 여인의 적갈색 머리칼이 화가에게는 파란색으로 보인다면 화가는 스스로에게 진실해야 한다는 자신의 원칙에 입각하여, 여인의 머리를 파란색으로 칠해야만 할 것이다. 자신의 원칙과 소신을 지켰기에, 그 화가는 다른 사람이 자신을 어떻게 생각할지 전전긍긍할 필요가 없다. 나 역시 마찬가지다. 나는 자기 자신에게 진실할 것을 내 인생의 철학으로 삼고 있다. 혹자는 나를 허풍선이 남작과 같은 부류의 인간이라고 생각할 지도 모르겠다. 하지만 나는 나 자신을 뼛속까지 진정한 사실주의자라고 믿고 있으며, 단 한번도 눈앞에 드러난 진실을 외면한 적이 없다고 자부한다. 그렇기에 나는 남들이 뭐라고 하든 전혀 개의치 않을 것이다.

1895년의 봄에 내 팔걸이의자를 차지하고 앉은 침입자에 대한 이야기로 다시 돌아가자면, 그 유령은 이제껏 내 주변에 출몰하여 내게 즐거움을 선사한 유령들 중 단연 가장 끔찍한 모습을 하고 있었다. 그것은 단지 기괴하고 으스스하다는 말로 설명하기에는 부족했다. 마치 내 모든 신경 하나하나를 갉작거리며 자극하는 느낌이랄까. 그 모습을 평범한 그림에 견주어 말한다면, 마치 밑그림은 매우 정교하지만 채색은 너무나 부조화스러운 나머지, 색채 그 자체가 찢어질 듯 날카로운 소리로 비명을 내지르는 느낌이었다.

만일 색채에 음색이 있어서 색채를 눈으로만 보는 대신 귀로 들을 수 있다면, 아마도 '그것'은 대번에 나를 귀머거리로 만들었을 것이다. 그 유령이 처음 형체를 드러낸 것은 거의 자정 무렵이었다. 당시 내 가족은 일찌감치 잠자리에 들었고, 나는 막 담배 한 개비를 태운 참이었다. 그 담배는 아내가 월요일에 뉴욕의 한 대형 백화점에서 사다 준 어마어마한 양의 담배 중 하나였다.

담배의 상표는 딱히 기억나지 않았지만, 이는 오히려 다행한 일이었다. 왜냐하면 그럴싸한 문학 작품 속에 대놓고 드러내 보일 만큼 썩 훌륭한 담배는 아니었기 때문이다. 어쨌든 확실히 기억나는 건 그 담배가 오십 개비씩 파란 리본으로 묶여져 있었다는 점이다. 그 담배는 마치 쿠바의 폭도 하나가 스페인 군대로부터 도망치던 도중에 습지대에서 얻은 원료들로 대충 말아서 만들기라도 한 것처럼 고약한 맛이 났다. 하지만 두 가지 확실한 장점이 있었는데, 너무 독해서 한꺼번에 많이는 피울 수 없다는 점과, 매우 경제적이라는 점이었다. 바로 이러한 이유로 늘 바지런하기 짝이 없는 우리 마나님이 이 담배들을 친히 내게 가져다 준 것이겠지만, 나는 이 담배들이 얼마 지나지 않아 장미 덤불의 벌레들을 쫓는 데 유용하게 쓰이리라 확신할 수 있었다.

그 담배는 일주일 중 5일은 1천 개비에 3.99달러지만, 할인을 하는 월요일에는 고작 1.75달러에 판매되고 있었다. 최근에 아내에게 경제에 대한 짤막한 글을 읽어 준 적이 있는데, 바로 그래서인지 아내는 이 싸구려 담배를 내게 한 아름 사다 준 것이다.

그리고 문제의 그날 밤, 나는 대략 두 시간 남짓 이 담배 한 개비와 씨름하다 간신히 반절 이상을 피웠고, 그걸로 하루치 담배는 다

피웠다는 결론을 내렸다. 나는 자리에서 일어나 불꽃이 활활 타오르는 큼직한 벽난로 안에 남은 담배꽁초를 휙 던져 넣었다. 그리고 다시 돌아선 순간, 내 의자에 깊숙이 몸을 파묻고서 나를 바라보며 씩 웃고 있는 무시무시한 모습의 '그것'과 마주한 것이다.

그 유령의 모습을 본 순간 내 머리카락은 마치 내 머리에서 떨어져 나가려는 듯 맹렬한 기세로 머리 가죽을 잡아당기며 하늘로 솟구쳐 올랐다. 심지어 위로 치솟은 머리카락 중 네 가닥(원한다면 이 말을 증명해 보일 수도 있다)은 머리 바로 위의 오크나무 천장에 못처럼 딱 붙어버렸고, 덕분에 다음 날 아침에 우리 집 일꾼이 와서 머리카락을 집게로 끊어 내야 했을 정도였다. 단언컨대, 그 일꾼은 이 사건을 곧이곧대로 증언해 줄 것이다. 물론 그 친구가 아직까지 살아 있다면 말이다. 불행히도 그렇지는 못하지만.

일꾼들이 으레 그렇듯 그 친구도 기면증이 있었고, 그런 상황을 몇 차례 겪다가 지난여름에 명을 달리하고 말았다. 그는 지난 6월경, 기나긴 혼수상태에 빠져들어 두 달 동안 깨어나지 못했다. 그를 혼수상태에서 깨어나게 하려고 몇 차례 시도해 보았지만 그 시도는 모두 수포로 돌아갔다. 결국 우리는 그를 마을의 화장터로 데려가 화장시켰다. 전해 듣기로 시신은 아주 맹렬한 기세로 활활 타올랐다고 하던데, 시신이 이미 나무 장작처럼 바싹 말라있었기에 충분히 그러고도 남았을 터였다.

다시 유령 이야기로 돌아가자면, 내 시선이 그 무시무시한 방문객에게 머문 순간 으스스한 냉기가 전신을 뒤덮었다. 특히 그의 퀭한 초록빛 눈과 갈고리처럼 구부러진 기괴한 손가락을 의식하자 전신이 섬뜩해지더니 피부가 자벌레 마냥 뻣뻣해졌다. 등에는 여덟 개의 주름이 지면서 등을 꽉 죄였고, 양 팔에는 스위스의 알프스 산맥을 회반죽으로 빚어놓은 형세로 우둘투둘한 소름이 마구 돋아났다.

하지만 이 모든 신체적 반응에도 불구하고 내 정신만은 말짱했다. 거부감은 그저 신체에만 국한되었을 뿐이다. 나는 차분하게 망령에게 담배 한 개비를 권했고, 담배를 받아든 망령은 이내 불을 붙여 달라고 했다. 나는 최대한 태연하게 소름이 돋아 있는 손목의 피부에 대고 성냥을 쓰윽 그어 망령의 담배에 붙여 주었다.

물론 내 이야기가 터무니없고 믿기 어렵다는 것은 인정한다. 하지만 이는 내가 겪은 일을 정확히 그대로 적은 것이다. 덧붙이자면 나는 그 경험을 진심으로 즐겼다. 유령과 나는 세 시간 남짓 대화를 나누었는데, 그동안 내 머리카락은 쉬지 않고 쭈뼛거리며 하늘로 치솟았고 등 뒤로 쉴 새 없이 굽이치는 혐오감은 사라지지 않았다. 만일 내가 독자들을 속일 작정이었다면 아마도 소름 돋은 피부에서 솜털이 자라기 시작했다고 덧붙였을 테지만, 그렇게 말한다면 이는 틀림없는 거짓이 될 터이다. 나는 거짓말에 능한 사람도 아니요, 사람들을 놀라게 하거나 가르치려 들기 위해 이 글을 쓰는 것도 아니기 때문이다.

그 유령은 겉모습이 유난히 끔찍하기 짝이 없다는 점을 제외하면, 그다지 특이한 유령은 아니었다. 그리고 나는 이 대목에서 우리가 나눈 대화에 대해 세부적인 기록을 하지는 않겠다. 당시 나는 머리카락이 쭈뼛 당겨지는 불쾌한 상황 때문에 그다지 일관성 있는 대화는 나누지 못했기 때문이다.

대신, 나는 유령을 본 두려움으로 내게 나타난 외적 징후들을 정확히 기록함으로써, 유령이 실제로 나타났다는 사실을 입증할 수 있을 뿐이다. 하지만 육체적 두려움에도 불구하고, 내 정신만은 이 낯선 방문객을 담담히 맞을 만큼 지극히 침착하고 편안했기에, 나는 에디슨에 버금가는 기지를 발휘하여 손목에 오소소 돋아난 소름을 이용해서 성냥불을 붙일 수 있었다. 게다가 나는 손목이 아니라 구두 밑창에 대고 성냥을 그었다면 틀림없이 그 자리에서 바닥을 구르리라는 것까지 제대로 간파하고 있었다. 왜냐하면 당시 내 무릎은 너무나 후들거렸기에 성냥불을 붙이기 위해 한쪽 다리를 들었다가는 그대로 바닥에 주저앉고 말았을 테니 말이다.

내 정신력이 그 정도로 강하지 못했더라면, 나는 틀림없이 한쪽 다리를 들어 올려 성냥을 그었을 테고, 바로 그 순간 요란한 소리를 내며 수치스럽게 바닥을 굴렀을 터였다.

내 주장을 입증해 줄 또 다른 유령 이야기가 있다. 이 유령은 내가 조금 전에 언급했던 봄의 유령을 만난 바로 그해 여름에 나타났는데, 그는 내게 적잖은 도움을 주었던, 참으로 고마운 유령이었다.

1895년의 여름은 여느 해보다 다소 더웠다. 특히 내가 살던 뉴저지의 평온한 마을은 마치 열기의 온상이라도 된 듯 날씨가 푹푹 쪘다. 미국 전역의 온도계란 온도계는 필시 내가 살고 있는 비치데일로 다 팔려나갈 정도로 우리 마을은 더위에 있어서 둘째가라면 서러운 지역이었다.

자랑은 아니지만, 우리 마을은 여름 동안에는 시원한 기운이라곤 단 한 점도 느낄 수가 없는 곳이었다. 물론 사교적인 면에서는 아주 멋진 곳이긴 하다. 하지만 지금은 온정이니 인간애니 혹은 모든 인간은 평등하게 태어난다는 등의 독립선언문에서나 나올 법한 주제에 대해 이야기하는 게 아니니 말이다. 일단 당장 눈앞의 '온도계'적 관점에서 보자면 비치데일은 속된 말로, 열기로 쪄죽을 지경이었다. 그리고 이 열기를 가라앉히기 위해서는 그저 느릿느릿 다가오는 겨울을 기다리는 수밖에 없었다.

우리 마을을 위해 한 가지 변명을 하자면, 이제껏 나는 결코 그토록 더운 여름을 경험한 적이 없었다. 이따금씩 서늘한 기운이 느껴질 법도 한데, 1895년의 바로 그 여름은 전혀 그렇지 않았다. 심지어 워싱턴의 기상청에서 시원한 한파가 올 거라고 발표했는데도, 그

한파는 열대지방 어딘가에 있었는지는 모르겠지만, 적어도 내가 사는 비치데일에까지는 찾아오지 않았다.

저수지에는 그늘 한 점 들지 않았기에 수도꼭지에서는 데일 듯이 뜨거운 물이 흘러나왔고, 사람들은 화상을 입을까 두려워 감히 아침 목욕을 할 엄두도 내지 못했다. 게다가 그 저수지는 여름 동안 월튼가의 젊은이들이 농어 낚시를 즐기던 최적의 장소였건만, 당연히도 이번 여름에는 저수지의 물이 절절 끓을 듯 데워진 탓에 낚시는 이미 물 건너간 상태였다.

덕분에 그해 여름, 나와 이웃들은 얼음조각과, 아이스크림, 그리고 얼얼할 정도로 차가운 음료를 여름 내내 달고 살아야 했다. 나는 낮 동안의 더위는 어느 정도 참아낼 수 있었지만 정말이지 열대야만은 견딜 수 없었다. 도무지 잠을 이룰 수 없었던 것이다. 나는 몇 시간이나 몸을 이리 저리 뒤척이며 별별 자세로 잠을 취해 봤지만 여전히 잠은 오지 않았다. 내 채무는 두 배로 불었고, 무더운 날씨로 잠을 이루지 못하는 탓에 내 수입은 태양빛과 함께 지글지글 타서 증발해버리는 것만 같았다. 바로 그러던 참에, 더위로 인한 불면증으로 미쳐 버릴 것만 같던 내게 구원의 손길을 내민 것은 바로 끔찍한 모습을 한 어떤 존재였다.

그것은 아마도 7월 16일경이었을 것이다. 나는 그때 〈이브닝 번 (Evening Bun)〉지의 특별 호를 읽고 있었던 걸로 기억한다. 그리고 그날은 내가 알기로는 38년 만의 가장 무더운 7월 16일이었다. 나는 차가운 연어를 엄청난 양의 아이스티와 곁들인 저녁식사를 가볍게 마친 후, 일곱 시 삼십 분쯤 잠자리에 들었다. 그토록 일찍 잠자리에 든 것은 딱히 피곤했기 때문만은 아니었다. 그저 누구에게도 방해받지 않고, 혼자만의 영역에서 거추장스럽기 짝이 없는 옷을 재빨리 벗어던지고 축 늘어져서 쉬고 싶었기 때문이다. 아무리 덥다고 해서 서재나 객실에서 옷을 벗어던질 수는 없으니 말이다. 사람도 기계처럼 조립할 수 있다면 얼마나 편리할까! 예컨대 사람의 몸을 태엽 감는 시계처럼 분해할 수만 있다면, 내 일부는 지붕 위에, 그리고 다른 하나는 빈 방에, 그리고 또 다른 부분은 정원의 빨랫줄 위에 널어놓고, 머리는 얼음을 채운 상자 속에 넣어 두리라.

하지만 불행히도 우리는 살아 있는 한, 늘 한 몸뚱이를 유지할 수밖에 없기에 나는 내 몸을 분해하는 대신 일찌감치 잠자리에 드는 수밖에 없었다. 침실에 든 나는 갓 세탁해서 말린 보송보송한 잠옷을 입고 침대 위에 널브러졌다. 그러자 하루 종일 나를 기진맥진하게 만들던 더위를 조금이나마 식힐 수 있었지만, 그렇다고 해도 대단한 차이는 없었다.

그러다 문득 나는 방금 전까지 지글지글 구워지다가 마침내 접시 위에 오른 청어가 된 느낌이 들었고, 바로 그 순간 나를 괴롭히던 더위가 누그러들었다. 순식간에 내 체온은 3도 정도 떨어진 듯했다.

물론 그렇다고 해도 여전히 만족할 만한 수준은 아니었지만, 체온이 눈에 띄게 떨어진 것만은 확실했다.

다음 순간 갑자기 내 몸이 덜덜 떨리기 시작했다. 어딘가에서 바람이 부는 것도 아닌데, 그저 온몸이 사시나무 떨 듯 오들오들 떨리기 시작한 것이다.

"점점 시원해지는 걸."

나는 오한을 느끼며 중얼거렸다. 그리고 자리에서 벌떡 일어나 온도계를 쳐다보았다. 하지만 수은주는 변함없이 온도계를 뚫고 지붕으로 튀어오를 기세로 가장 높은 온도를 가리키고 있었다.

"참으로 이상하군."

나는 중얼거렸다.

"날씨는 평소처럼 더운데 이렇게 온몸이 으슬으슬 떨리다니, 몸에 문제라도 생긴 걸까? 오한이라도 든 모양이야."

나는 다시 침대에 파고들어 얇은 이불을 끌어당겨 몸을 덮었지만 몸의 떨림은 가라앉지 않았다. 담요까지 끌어당겨 보았지만 오한은 여전했고, 따뜻한 기운은 털끝만치도 느껴지지 않았다. 급기야 나는 침대의 장식 덮개까지 덮어쓰고, 그것으로도 모자라 한겨울에 입어도 더울 만큼 푹신푹신한 털로 된 실내복까지 꺼내어 입었다. 하지만 여전히 추위를 누그러뜨리기에는 역부족이었다. 결국 나는 담요하나와 모포 둘, 그리고 뜨거운 물을 채운 보온용 물자루를 가져다 달라고 했다.

집안사람들은 모두 내가 미친 게 틀림없다고 생각했다. 나 스스로도 내가 미치지 않았다고 감히 자신할 수 없었다. 바로 그 순간, 나는 방구석에 서 있는 끔찍한 유령의 존재를 발견했고, 그제야 이 모든 상황이 이해되었다.

유령이 내 주위를 어슬렁거렸기에 내 몸이 바로 그런 반응을 나타냈던 것이다. 유령이 찾아오면 오한이 드는 것은 불변의 법칙이 아니던가. 그리고 단언컨대, 살면서 그토록 그 사실이 반가웠던 적이 없었다. 비평가들은 늘 내 글이 날것처럼 거칠다고 말했는데, 잠을 이루지 못한 밤을 보내는 동안 나는 내 글에 맥이 빠졌다는 평가를 받을까봐 두려워하던 참이었다. 사실 맥이 빠졌다는 말보다는 차라리 날것처럼 거칠다는 말이 낫다고 나는 생각한다. 바로 그런 상황에서 유령은 날 구해 준 셈이었다. 이 사실을 깨달은 나는 유령에게 감사를 전했다.

"오늘 같은 밤에 그대는 내게 하늘이 내린 선물이오."

나는 일어서서 유령이 있는 쪽으로 걸어가며 말했다.

"도움이 될 수 있어 기쁘군요."

유령이 소심한 웃음을 지어 보이며 말했다. 그 유령이 너무나 처량하고 겁먹은 웃음을 지어 보인 터라, 나는 『겁쟁이』라는 책의 저자가 이 유령의 웃음을 봤더라면 좀 더 멋진 책을 쓸 수 있었을 텐데, 하는 생각이 들었다.

"참으로 친절하시군요."

내가 말했다.

"천만의 말씀입니다."

유령이 말했다.

"당신은 유령에 대해 거짓으로 꾸며내어 말할 필요가 없다고 생각하는 유일한 사람이오. 실제로 존재하는 것들 중 우리 유령들에 대한 이야기만큼 거짓말이 난무하는 것도 없을 것이오. 덕분에 우리 유령들은 꽤나 신경이 곤두서 있다오. 비록 우리가 육체는 잃었지만 감각까지 완전히 사라진 건 아니라서 말이오."

"그렇군요."

나는 일어나서 벽난로에 불을 붙였다. 너무 추워서 꽁꽁 얼어붙을 것만 같아서였다.

"내 책을 좋아해 주시니 정말 기쁘군요."

"사실, 뭐 그렇게 대단히 좋아하는 건 아니오만."

그 말이 진정 반갑지만은 않았지만, 나는 유령의 허심탄회한 말투에 설핏 웃음이 났다.

"하지만 그대는 우리에 대해 거짓말을 하지는 않소. 당신의 글이 대단히 흥미롭지는 않지만, 적어도 진실하다는 것만은 높이 쳐주고 싶소. 우리 유령들은 모욕당하는 걸 정말 싫어한다오. 어쩌다 유령이 되었다는 이유만으로 작가들에게 모욕을 당하는 건 참으로 부당하지 않소. 내가 당신을 인정하는 것은 바로 그런 까닭이오. 우리 유령들은 당신을 유령에 관해서는 보즈웰(James Boswell: 1740~1795, 영국의 충실한 전기 작가 – 옮긴이 주)과 같은 사실적이고 충실한 기록가라고 생각하오. 물론 당신의 글은 좀 따분하고 시시한 면도 있지만, 적어도 진실하오. 바로 그런 이유로, 당신이 이 살인적인 더위로 축 처지다 못해 녹아내리려 하는 걸 보고 내가 직접 도우러 온 것이라오. 어서 잠자리에 드시오. 새벽이 올 때까지는 당신 옆에서 당신을 덜덜 떨게 해주리다. 마음 같아서는 더 오래 곁에 있어 주고 싶지만 해가 뜨면 우리는 쓰러져 버린다오.”

“마치 달걀 같군요.”

나는 졸음이 쏟아지는 목소리로 말했다.

“자자! 어서 주무시오. 한 마디만 더 하면 가 버릴 거요.”

나는 지친 아이처럼 그대로 새근새근 잠들어 버렸다. 다음날 아침이 되자, 상쾌한 기분으로 잠에서 깨어났다. 내 가족들은 열대야로 잠을 설친 탓에 여전히 기진맥진한 모습이었지만, 나는 더할 나위 없이 기운이 넘쳐흘렀다. 유령이 사라진 방 안은 다시 더워지고 있었다. 물병 안에 여전히 얼음이 짤랑대며 남아 있지 않았다면, 지난 밤 일이 모두 꿈은 아니었을까 의심했을 터였다. 그리고 지글지글 타오르던 그해 여름 내내, 그 친절한 유령은 매일 밤 내 곁에서 더위를 식혀 주었다. 살인적인 8월의 열대야 속에서도 나를 오들오들 떨게 해 준 그 친절한 유령 덕분에 여름을 무사히 넘기고, 가을에는 아주 건강하고 활기찬 상태로 업무로 돌아갈 수 있었다.

내 상태가 얼마나 좋았던지, 시상이 마구 떠올라 몇 편의 시까지 쓸 수 있을 정도였다. 만일 내 시를 출판해 줄 용감한 출판사를 찾는다면, 이 자리에서 고백하건대, 나는 주저 없이 그 공을 모두 유령 세계의 내 친구들에게 돌리겠다.

유령이 우리 주위를 어슬렁거릴 때 유령이 주는 신체적인 자극과 충격에 굴복한다면, 분명 유령들은 우리에게 해가 되는 존재이지만, 이에 굴복하지만 않는다면 그들은 우리에게 전혀 해를 미칠 수 없다.

그러니 의지를 갖고 조금씩 신체적 충격과 싸워 이긴다면 충분히 유령에 대한 공포를 이길 수 있으며, 심지어는 유령에게 도움을 받을 수도 있다. 비록 그 사실을 깨닫는 데 상당히 오랜 시간이 걸리긴 했지만, 나는 경험을 통해 이 두 가지 사실을 이미 증명할 수 있었다. 그리고 내가 유령을 어떻게 다루었는지에 대한 재미있는 이야기가 하나 있다.

내 친구의 영국의 시골 대저택에서 있었던 일이다. 그곳에서 나는 아주 무례하기 짝이 없는 유령을 만난 적이 있다. 그 저택은 잘리라는 부유한 내 친구 하나가 처음으로 왕궁에 입궐한 해에 브록데일 백작에게서 빌린 저택이었다. 브록데일 백작 부인은 돈을 조금 더 주고서라도 그 시골 저택보다는 프랑스의 대저택에서 사교활동을 하는 것이 체면에 맞는다고 생각했고, 덕분에 그 시골 저택은 잘리의 차지가 된 것이었다.

나는 잘리로부터 그곳에 한 달간 초대를 받았다. 그 이유는 잘리의 부인이 작가인 나를 통해 미국의 일요 신문에 자신들의 이야기가 실리길 원했기 때문이다. 잘리는 껄껄 웃으며 시골 대저택에 으레 하나씩 있는 '유령의 방'을 나에게 내어 주면서 이렇게 말했다.

"틀림없이 마음에 들 걸."

그리고 나서는 다음 말을 덧붙였다.

"그 방에 유령이 있다면, 자네가 충분히 제압할 수 있을 걸세."

나는 기꺼이 그의 초대를 받아들였다. 그리고 누구의 방해도 받지 않고 유령의 방에서 유령에 대한 조사를 할 수 있게 되어서 몹시 기뻤다. 나는 런던을 떠나 브록데일의 대저택을 향해 단박에 달려갔고, 다른 여섯 명의 손님과 함께 그곳에서 머물렀다. 잘리는 윌킨스가 그에게 붙여준 '황금 폭포'라는 별명에 걸맞게 모든 일에 아낌없이 돈을 퍽퍽 쓰는 친구였다. 그는 원한다면 토스트에 다이아몬드라도 얹어 먹을 친구였다. 하지만 이 이야기와는 관계없으니, 그에 대한 자세한 이야기는 생략하겠다.

내가 '유령의 방'에 머문 지 얼마 동안은 아무 일도 일어나지 않았다. 하지만 약 2주가 지난 어느 날 밤, 마침내 유령이 그 모습을 드러냈다. 하지만 이번 유령은 전례 없이 불쾌했고, 예의라고는 눈을 씻고 찾아보려야 찾아볼 수 없었다. 그는 대략 새벽 세 시쯤, 아주 기분 나쁘고 독기에 찬 모습으로 내 눈앞에 나타났다. 그 유령은 방 안의 긴 의자 위에 두 손으로 무릎을 쥐고 앉아서는, 내가 마치 침입자라도 되는 양 오만상 얼굴을 찌푸리며 못마땅한 눈초리로 나를 쏘아 보고 있었다.

"당신은 누구요?"

나는 희미한 벽난로 불빛 아래 어렴풋이 비쳐든 그의 소름 끼치는 모습을 보며 흥분에 차서 물었다.

"네가 알 바 없어."

그 유령은 이를 드러내며 퉁명스럽게 대답했다.

"너야말로 누구신가? 여긴 내 방이지, 네 방이 아니야. 질문을 해야 할 사람은 도리어 나라고. 만일 여기서 볼일이 있다면 어쩔 수 없겠지만, 아무 일도 없다면 썩 꺼지라고. 네놈이 여기 있는 게 꼴도 보기 싫으니까 말이야."

"나는 이 집의 손님이오. 그리고 이 방은 집주인이 내게 내어 준 방이오."

그의 무례함에 잉크스탠드를 집어던지고픈 충동을 애써 억누르며 나는 간신히 대답했다.

"하인에게 초대받은 게로구먼. 안 그렇소?"

그가 모욕적으로 말했다. 유령은 창백한 보랏빛 입술의 가장자리를 올리며 오만불손한 웃음을 지었고, 자존심을 건드리는 그 행동에 나는 미칠 듯이 화가 치밀었다.

나는 침대에서 벌떡 일어나 벽난로 옆의 부지깽이를 집어 들고는 그대로 그 유령의 머리 위로 내리치려고 했지만, 그 순간 다시 한 번 스스로를 다잡았다.

'지금 싸움을 하자는 게 아니잖아. 그가 싸움을 걸어오지만 않는다면 예의를 차려줘야지. 일개 죽은 영국인 유령 따위가 살아 있는 이에게 해를 끼칠 수 없다는 걸 똑똑히 보여 주겠어.'

나는 분노로 떨리는 목소리를 애써 가라앉히며 말했다.

"그렇지 않소. 나는 내 친구 잘리의 손님이고 미국인……."

"그게 그거지 뭐."

유령은 비열하게 웃으며 내 말을 잘랐다.

"천한 미국인이라니. 마구간에서나 머무르는 게 주제에 맞겠군."

그건 도저히 참을 수 없는 말이었다. 유령이 나를 모욕하는 건 눈 감아 줄 수 있을지 몰라도, 우리 국민 전체를 걸고넘어진다면 본때를 보여 줄 필요가 있었다. 나는 분노로 가득 차서 손에 들고 있던 부지깽이를 있는 힘껏 유령에게 휘둘렀다. 그가 유령이었기에 망정이지, 그렇지 않았더라면 아마도 머리부터 발끝까지 수직으로 반 토막이 났을 터였다. 하지만 부지깽이는 유령의 희미한 형체에 아무런 해도 미치지 못하고 허공을 스쳐 지나, 잘리의 긴 의자에 길게 베인 듯한 흠을 남겼다. 그러자 그는 비열한 미소를 거두고, 분노로 새파랗게 질린 채 싸늘하게 웃었다.

"쳇!"

유령은 쌀쌀맞게 말했다.

"그렇게 난동을 부려 봤자 아무 소용도 없는 것을. 천한 성질머리하고는! 내가 만나 본 것 중에서 가장 어처구니없는 버러지 같은 녀석이군. 도대체 네놈은 어느 나라에서 왔나? 도대체 어떤 나라의 토양에서 너 같은 인간이 자라는지 진정 알고 싶군. 네놈은 열대 지방의 동물군이나 식물군에 속하는 인간인가?"

그 순간 나는 몸싸움으로는 절대 유령을 이길 수 없다는 사실을 깨달았다. 그와 대결하기 위해서는 지능적인 승부가 필요했다. 그것은 정신적 대결이었고, 일단 내 언변에 불이 붙기만 하면 그는 손쉬운 먹잇감이 될 터였다. 나는 그와 마찬가지로 싸늘한 미소로 응수하며 영국 귀족들 특유의 거들먹거리는 태도에 대해 지적하기 시작했다. 그의 오만불손한 말본새를 보아하니 그 유령은 귀족 출신이틀림없었기 때문이다.

나는 최대한 머리를 쥐어짜내어 설득력 있는 언변으로 그를 제압

해나갔다. 왕과 왕비가 얼마나 무용한지, 그리고 왕권신수설이 얼마나 터무니없으며, 공작과 백작, 후작 등의 귀족 계층의 무의미함에 대해 군더더기 없이 열변을 토했다. 또한 화려하고 거만하기 짝이 없는 영국의 왕족들과 귀족들로 이루어진 권력층은 우리 미국에서는 만화에서나 등장할 법한 어처구니없고 우스꽝스러운 필요악적인 존재라고 말했다.

나는 유령과 한 시간 남짓 격렬한 논쟁을 벌였다. 그 유령 역시 만만치 않은 호적수였지만, 논리 정연한 내 말을 당해 내기에는 역부족이었다. 그리고 마침내 나는 '바넘과 베일리의 위대한 서커스 쇼'가 한창일 때, 뉴욕 매디슨 스퀘어가든의 서커스 무대 위에서 영국 황태자가 맨 앞에 서서 탐탐(손으로 두드리는, 좁고 아래위로 기다란 북 - 옮긴이 주)을 두드린 지 십 년이 채 지나지 않았다는 말로 쐐기를 박았다. 이 말에 유령은 분노로 얼굴이 붉으락푸르락해지더니 웨인스코팅 장식이 된 벽을 뚫고 그대로 사라져 버렸다.

이것은 순전히 정신적 승리였다. 만일 내가 온몸을 던져 사력을 다해 유령과 승부하려 했다면 아무런 성과도 내지 못하고 나동그라졌을 것이다. 하지만 나는 상상력과 기지를 마음껏 발휘하여 그 유령을 공격했고 손쉽게 그를 저지시켰다. 그 유령은 마치 아이처럼 제멋대로 날뛰었지만, 결국 내 손아귀 안에 있었던 것이다. 만일 의자에 흠집을 낸 일로 잘리 부인이 화를 내지만 않았다면(물론 부인은 분노를 대놓고 드러내지 않으려고 애를 쓰긴 했다) 나는 이 유령과의 만남을 가장 만족스럽고 유쾌한 경험으로 손꼽을 수 있었을 것이다.

어쨌든, 이 사건으로 나는 유령을 다루는 방법을 처음으로 제대로 터득하게 되었다. 그리고 그 이후부터는 별다른 어려움 없이 유령들을 하나하나 정복해 나갈 수 있었다. 이번 장에서 마지막으로 이야기 할, 단 한 가지 경우만 제외하고 말이다. 나는 이 경험을 통해 유령을 다루는 데는 세밀한 관찰이 반드시 필요하다는 사실을 뼈저리게 느껴야만 했다.

그 일은 지난 크리스마스에 내 집에서 있었던 일이다. 나는 아내의 이니셜이 새겨진 새 은 식기 세트를 아내에게 줄 깜짝 선물로 몰래 준비했다. 집 안에는 아이들을 위해 크리스마스트리가 장식되어 있었다. 나는 가족들이 모두 잠자리에 들고 난 뒤에도, 아내 몰래 그 식기 세트를 트리 아래에 놓아두기 위해 밤늦게까지 꾸물대고 있었다. 내일 아침 아내가 트리 아래에서 이 식기 세트를 발견한다면 틀림없이 아주 기뻐할 터였다.

그 은 식기 세트는 꽤나 근사했다. 스푼과 포크, 그리고 나이프가 각각 스물네 개씩 들어 있었고, 커피포트와 물병을 비롯하여 쟁반과 샐러드용 접시, 올리브를 찍어 먹을 앙증맞은 포크와 치즈용 국자 등이 모두 포함된 완벽한 식기 세트였다. 단연코 탄성을 자아낼 만큼 아름다웠다.

바로 그 순간, 나는 바로 뒤에서 다른 이의 숨소리를 듣고 소스라치게 놀라서 재빨리 뒤를 돌아보았다. 그러자 창문으로 스며든 창백한 달빛 속에 어두운 형체 하나가 서 있는 게 아닌가!

"당신은 누구요?"

나는 유령이 나타날 때마다 으레 나타나는 여러 가지 신체적 반응을 느끼며 놀란 목소리로 물었다.

"아주 오래 전에 세상을 뜬 유령이라오."

음산한 목소리가 들려왔다.

그 말을 듣고선 강도가 아니라는 사실에 안도하며 숨을 내쉬었다.

"그렇군요. 나는 당신이 내 집을 털러 온 도둑인 줄 알고 깜짝 놀랐소이다."

나는 여전히 벌벌 떨리는 손으로, 크리스마스트리를 향해 몸을 돌리며 말했다.

"보시오, 아름답지 않소?"

"아름답소."

유령이 텅 빈 목소리로 대답했다.

"하지만 나는 당신이 알지 못하는 세계에서 그보다 훨씬 더 아름다운 것들을 많이 보았다오."

그리고 나서, 그는 엘리시안(Elysian: 그리스인들이 극서쪽에 존재한다고 믿었던 낙원. 축복받은 사자(死者)들의 거주지 – 옮긴이 주)에서 사용하는 황금과 은으로 된 아름다운 식기들에 대한 이야기를 들려주었다. 유령이 그려 내는 이야기는 몬테크리스토 백작과 신드바드 이야기를 합친 것보다 더 호화롭고 장엄하기 이를 데 없었다. 나는 유령의 이야기에 정신없이 빠져들었고, 마침내 시계가 세 시를 쳤을 때, 유령은 몸을 일으키고는 천천히 마루를 가로질렀다. 그리고 서운한 목소리로 이제 가봐야겠다고 중얼거리며 뒤쪽 층계참에서 완전히 모습을 감추었다. 긴장이 풀려 버린 나는 그대로 잠자리에 들었다.

다 음 날 아 침 ,

크 리 스 마 스 트 리 아 래 에 놓 아 둔

은 식 기 세 트 가

사 라 져 있 었 다 !

거기서 끝이 아니었다. 3주 후, 나는 뉴욕의 범죄자들을 모아 둔 사진첩 속에서 내가 만난 그 유령의 사진을 발견했다. 그는 아주 영리한 절도범으로 정평이 나 있었다.

그러니 독자들이여. 부디 유령과 마주친다면 그것이 진짜 유령인지, 아니면 도둑질을 하기 위해 코트 자락 속에 포대 자루를 숨기고 다니는 날쌘 도둑인지 아닌지 제대로 확인하기 바란다. 그리고 그걸 확인하기 전까지는 육체를 적극적으로 활용하는 것을 완전히 포기하지는 말기를.

이쯤 되면 아마 독자들은 이런 질문을 던질 것이다.

"어떻게 유령을 구별할 수 있나요?"

거기에 대해서라면, 어떤 소설의 대가가 글에서 자주 쓰듯이 "그건 다른 이야기다"라고 할 수밖에 없다. 언젠가 내 명예를 위해서, 또 독자들에게 올바른 지침을 주기 위해서 그에 대한 이야기는 추후에 들려 줄 날이 있기를 기대한다.

GHOSTS
I HAVE MET,
AND SOME
OTHERS

할머니의 소파에 얽힌 수수께끼

그 일은 지난 크리스마스이브에 일어났고, 지금부터 나는 그 일을 사실 그대로 정확히 기술하려 한다. 비평가들은 종종 나를 다듬어지지 않은 허황된 작가라고 비판하곤 하는데, 미안하지만 이는 아주 틀린 이야기다. 물론 내가 겪은 경험들은 내 머릿속을 거치면서 상상력이 일부 가미되기는 했지만, 그런 부분은 지극히 일부일 뿐이다.

하지만 비평가들은 내 글에 나오는 초자연적인 것들을 근거 삼아 내 작품을 비방하곤 한다. 하지만 그들이 모르는 게 있는데, 그러한 주장은 바다에서 이리저리 휩쓸려 다니는 모래만큼이나 근거 없는 이야기라는 점이다. 나는 사실주의자들의 이상이라 할 만큼 성실하고 정확하게 글을 써 왔으며, 나 자신을 스스로에게 진실한 사람이라 여기는 동시에 사실주의 학파의 충실한 추종자라 자부한다.

단지 나에게 이런 기이한 일이 일어났다는 이유만으로 내가 비난을 받아야 한다면 이는 참으로 온당치 못한 일이 아닐 수 없다. 만일 내가 아무런 목적도 없이, 그저 독자들을 잠 못 이루게 하기 위해서, 혹은 친히 내 작품을 사 준 독자들의 마음의 평화를 깨뜨리기 위해서, 아니면 그저 소심한 이들의 신경세포를 자극해서 흥이나 돋울 작정으로 이상한 이야기와 사건들을 꾸며내는 것이라면 거세게 비난을 받아 마땅하겠지만, 나는 그런 짓은 하지 않는다.

나에게는 내 친구 하우얼스(William Howells: 1837~1920, 미국의 소설가 · 평론가. 사실주의 문학을 주창하고 인물의 성격 묘사에 뛰어났으며, 활발한 평론 활동으로 작가를 길러 내는 데 이바지했다 – 옮긴이 주)만큼이나 신성하게 여기는 삶의 목표가 있는데, 이는 내가 본 바대로 충실하게 사회상을 기록하는 것이다.

설사 내가 초자연계의 발자크나, 유령에 관한 한 셰익스피어가 될 운명이고, 하우얼스는 매사추세츠의 필딩(Henry Fielding: 1707~1754, 영국의 소설가 – 옮긴이 주)이나 보스톤의 스몰렛(Tobias Smollett: 1721~1771, 스코틀랜드의 시인이자 작가 – 옮긴이 주)이 될 운명이라면, 나는 하우얼스가 나보다 더 큰 힘을 가졌다고 여기고, 그 사실에 애석해 할 것이다. 그리고 나는 뛰어난 유령 소설을 꾸며내는 위대한 작가가 되기보다는, 차라리 사실주의적 기록가로서 나만의 길을 고

고하게 걸어갈 것이다.

　나는 유령들에게 고통을 받고 시달리는 이 잔악한 운명의 가시밭
길 속에서, 유령들을 있는 그대로 받아들이고 인정하기로 했다. 끝
끝내 유령들의 존재에 반대하고 저항하는 것보다는 마음속으로 그
들을 받아들이는 것이 더 품위 있는 행위이기 때문이다.

　내가 이토록 길게 서두를 늘어놓는 이유는 내 이야기의 진실성을
의심하는 사람들이 있으리라는 걸 알기 때문이다. 그렇기에 나는 이
일이 지난 크리스마스에 있었던 일을 한 치의 꾸밈없이, 있는 그대
로 기술한 것이라는 사실을 확실히 못 박아 두고 이 이야기를 시작
하려 한다.

　크리스마스이브에 대한 다소 식상한 묘사이긴 하지만 어쨌든 진
실 그대로 이야기하자면, 그날은 거센 폭풍우가 치는 밤이었다. 바
람은 아이들의 편안한 잠자리 따위에는 관심도 없다는 듯 온갖 요
상한 소리를 내며 거세게 휘몰아치고 있었다. 앙상한 나뭇가지 사이
로 바람이 스칠 때는 쉭쉭거렸고, 굴뚝을 통과할 때는 휘휘 휘파람
소리를 냈다. 뿐만 아니라 바람이 쉴 새 없이 문을 쿵쾅대며 두드려
대는 통에, 마치 내 집은 폭격 한가운데 서 있는 것 마냥 시끄럽고
어수선했다.

　게다가 눈까지 내렸다. 하루 종일 내린 눈은 반짝이는 휘장처럼

마당의 잔디와 지붕을 온통 하얗게 뒤덮고 있었고, 늘 그랬듯 만족을 모른 채 그치지 않고 고요히 내리고 있었다.

만일 내가 비평가들의 비난대로 '다듬어지지 않은 허황된 작가'라면 눈이 굉음을 내며 무시무시하게 쏟아져 내렸다고 기술하겠지만, 나는 그렇게까지는 하지 않는다. 나는 내 글을 읽어 주는 이들을 사랑하긴 하지만, 눈이 요란한 소리를 내며 떨어졌다는 표현을 써서 내 글을 혹평하는 이를 기쁘게 해 줄 만큼 대단한 인류애를 가진 자선가는 아니기 때문이다. 물론 그 사람이 내 글 한 문장, 한 문장에 죽기 살기로 매달릴 만큼 절실하다면 모를까, 적어도 아직까지는 시끄러운 굉음을 내며 눈이 떨어져 내렸다고 표현할 생각은 없다.

이따금씩 밤늦은 시간에 귀가하는 사람들이 내 집을 지나쳐가곤 했는데, 그럴 때면 윙윙대는 바람 소리 위로 말이 끄는 썰매에 매달린 종이 짤랑대는 소리가 들려오곤 했다. 내 가족은 이미 잠자리에 들었고, 나는 활활 타오르는 난롯가에 홀로 앉아 있었다. 벽난로에서 타오르는 불빛은 여느 때처럼 방 안에 기괴한 그림자를 드리우고 있었다. 그 으스스한 그림자를 바라보고 있노라니, 내 감각은 다른 세계에서 온 방문객의 조짐을 느낄 수 있을 정도로 극도로 예민해져 있었다. 하지만 애석하게도 나는 그다지 유령의 방문을 받고 싶은 기분은 아니었다. 그렇기에 유령이 나타난 조짐으로 온몸에 소름이 돋고 마음속에 강한 흥분이 느껴진 순간, 곧바로 난롯불을 끄고 잠자리에 들고 싶은 충동에 휩싸였다.

나는 유령으로부터 벗어나기 위해서는 이불을 뒤집어쓰고 잠자리에 드는 것이 가장 쉽고 간단한 방법이라는 사실을 일찌감치 터득하고 있었다. 반면, 주위를 떠돌아다니는 유령들 때문에 괴로워하고 고통 받는 이들도 있는데, 유령이 나타났을 때 그저 이불을 덮어쓰는 지극히 간단하고 자연스러운 행위를 쉽사리 받아들이지 못하는 사람일수록 더욱 더 그렇다.

예컨대 빌립보(Philippi: 안토니우스와 옥타비아누스가 시저의 암살자 브루투스와 카시우스의 군대를 격파한 도시 – 옮긴이 주) 전투를 앞두고 시저의 유령이 브루투스 앞에 나타났을 때, 브루투스는 시저의 무시무시한 환영을 밤새도록 쳐다보며 괴로워했다. 하지만 그렇게 하는 대신, 그저 베개 속에 머리를 파묻고 불유쾌한 유령의 존재 따위는 싹 잊어버리고 잠을 청하는 편이 훨씬 더 쉽고 자연스러웠을 텐데! 그리고 그것이 바로 내가 늘 추구하는 행위요, 그 방법은 지금까지 단 한 번도 실패한 적이 없다. 내가 이제껏 보았던 유령 중 가장 휘황찬란한 광채를 발하던 유령조차도, 그의 빛은 솜을 풍성하게 채운 베개나 크리스마스 때 사용하는 두터운 모직 담요를 통과하기에는 턱없이 부족했기 때문이다.

하지만 이번에는 사정이 좀 달랐다. 나는 이불을 뒤집어쓰는 대신 상황을 좀 더 지켜보며 기다리기로 한 것이다. 사실 유령의 방문에 대한 이야기를 쓰려던 참이었다. 하지만 유령에 대한 소재는 점점 시들시들해지고 말라가던 터였다. 그래서 나는 미스터리를 사랑하는 대중들의 강력한 요구에 맞추어, 미지의 방문객에 대해서 낱낱이 진실을 기록하기 위해서는 괴기스러운 이야깃거리를 더 찾아야 할 필요가 있었던 것이다.

고백하건대, 나는 이제껏 유령들로부터 도망만 쳐 왔기에 으스스한 분위기와 암시로만 가득한 글을 써 왔다. 덕분에 독자들은 유령에 대한 세부적인 묘사가 부족한 내 작품에 불만을 표출했고 결국 독자들의 공분을 사기에 이르렀다. 급기야 한 편집자는 흥분해서 핏대를 올려 가며 내 지난번 유령 이야기를 거부하는 사태에 이르렀건만, 결국 나는 아무런 해결책도 내지 못한 채 그곳을 떠나야 했다.

그리하여 나는 어린 아이들도 이해할 수 있을 정도로 쉽고 명확한 글을 쓰지 않는 한, 전혀 팔리지 않는 작가가 될 상황에 처하게 된 것이다. 그러한 이유로, 나는 내 안위와 편의만을 위해 유령으로부터 안전한 침상에 누워서 마냥 유령을 피하기만 하는 대신, 유령과 대면하기 위해 난롯가에 홀로 앉아 그들을 기다리고 있었던 것이다.

사실 마냥 기다릴 수만은 없었다. 내 연료 계량기의 계기판이 3천 피트의 가스 소비량에 거의 근접했기 때문이다. 다행히 얼마 지나지 않아, 바짝 세운 내 귓전에 희미한 벨소리가 들려왔다. 깜짝 놀라

의자에서 벌떡 일어나, 다시 귀를 기울였지만 그 소리는 이내 멎고 말았다. 다음 순간 반갑게도 스멀스멀 오한이 찾아들었고, 나는 다시 의자에 앉아 몸을 기댔다. 그리고 죽음과도 같은 밤의 정적이 흘렀다. 때마침 바람소리마저 잦아들었다. 곧이어 정적을 깨고 또다시 딸랑거리는 벨소리가 들려왔다.

그 소리는 현관의 초인종 소리였다. 나는 자리에서 벌떡 일어나 재빨리 현관문으로 다가가서 문을 활짝 열어젖혔다. 문은 폭이 매우 좁았는데도 이상할 정도로 쉽게 열렸지만, 내가 유난히 힘을 주어 문을 밀어젖혔다는 것을 고려하면 달리 이상한 점은 없었다. 나는 문 밖의 칠흑 같은 밤의 어둠을 가만히 바라보았다.

문 앞에는 아무도 없었다. 그 순간 나는 마침내 두려워하던 순간이 왔음을 확신했다. 내가 서재로 돌아가는 즉시, 내 심장을 미친 듯이 뛰게 할 무언가를 틀림없이 만나게 될 것만 같았다. 그래서 곧바로 서재로 돌아가는 대신, 식당으로 들어가서 요리용 백포도주 한 병을 찌꺼기까지 단숨에 비워냈다. 내가 여기서 요리용 백포도주 이야기를 꺼낸 것은 그저 독자를 웃기자고 한 이야기가 아니라, 현실을 있는 그대로 반영하기 위해서이다. 우리 집에 있던 다른 백포도주는 아내가 요리를 하는 데 몽땅 써버리고 겨우 한 병만 남아 있었기 때문이다. 비평가들이 뭐라 말하건 간에, 뭐 우리가 사는 모습이 다 그렇지 않은가.

나는 다시 서재로 돌아왔다. 하지만 두려워했던 것과는 달리 서재에는 여전히 아무도 없었다. 확실히 이 유령은 어딘지 좀 색다른 구석이 있었다. 나는 점점 흥미가 동하기 시작했다.

"조심성이 많은 유령이라 모습을 드러내는 걸 좋아하지 않는 건가. 흔히 유령들은 자신들을 받아줄 마음이 전혀 없는 사람들에게도 마구잡이로 끼어들기 마련인데, 이 유령은 좀 특이한걸."

나는 무언가가 곧 일어나리라 자신만만하게 확신하며 자리에 앉았다. 방 안에는 운치 없게도 가스 난롯불이 타고 있었는데, 그것만으로는 유령과의 친목을 도모하기에 부족한 듯해서 담뱃불에 불을 붙이고 유령을 기다렸다.

그동안 내 뒤에 서 있는 무언가가 당장이라도 내 어깨에 축축한 손을 올리려는 것만 같은 기분에 몇 번이나 소스라치게 뒤돌아보았다. 하지만 실망스럽게도 그때마다 다시 안도하는 기분을 맛보아야 했다.

한번은 잠시나마 희뿌옇게 떠 있는 하얀 유령을 본 듯했으나, 그것은 내 입에서 뿜어져 나온 요상한 형체의 담배 연기일 뿐이었다. 그렇게 아무 일도 일어나지 않은 채, 한 시간이 흘렀다. 유령을 만날까 싶어 두근거리던 내 심장은, 어느새 이대로 유령을 보지 못하면 어쩌나 하는 걱정으로 울렁거리기 시작했다.

하지만 몇 분 후에, 또다시 창가에서 이상한 소리가 들리자 이내 걱정은 사그라졌다. 그리고 나는 참을 수 없을 정도로 바짝 긴장했다.

"이제야 나타나셨군!"

나는 쉰 목소리로 중얼거리고는 깊게 숨을 내쉬었다. 그러고 나서는 의자 덮개를 꽉 움켜쥐고 몸을 앞으로 바짝 기울여, 보이지 않는 손이 당장이라도 창문을 밀어 올리기를 기대하며 창문을 뚫어져라 주시했다. 하지만 아무리 기다려도 창문은 꿈쩍도 하지 않았다. 나는 기대 반 두려움 반으로, 뭔가가 유리창을 통과해 들어오지 않을까 지켜보았다. 하지만 그런 일 역시도 전혀 일어나지 않았다. 나는 점점 조바심이 나기 시작했다.

시곗바늘은 어느덧 한 시 반을 가리키고 있었다.

"이것 보라고! 네가 무엇이건 간에 제발 좀 나타나서 뭐라도 좀 해 보지 그래? 이렇게 늦은 시간까지 잠도 못 자게 하다니 정말 말도 안 될 일이지!"

나는 허공을 향해 큰 소리로 외쳤다. 그리고 대답을 기다리며 귀를 기울였지만, 아무 소리도 들리지 않았다.

"도대체 날 뭐라고 생각하는 거야?"

나는 투덜대며 말을 이었다.

"하염없이 기다리게 해도 될 만큼 내가 만만한 인간으로 보이나? 이렇게나 질질 시간을 끌다니 정말 대단히 무시무시한 유령인가 보지?"

하지만 이번에도 역시 대답은 없었다. 이쯤 되자 나는 뻐딱하게 행동해 봤자 전혀 도움이 되지 못한다는 걸 깨달았다. 뭔가 다른 전략이 필요했다. 그래서 유령의 감정에 호소하기로 결심했다. 실제로 내가 만난 유령들 중 몇몇은 유령이라는 걸 믿기 어려울 정도로 너무나 인간적이고 감정적이었기 때문이다.

"여보게, 친구."

나는 조바심도 나고, 이미 장시간 타오르고 있는 난로의 연료비에도 신경이 쓰이는 이 상황에서 내가 할 수 있는 한 가장 다정한 어조로 말했다.

"어서 내게 모습을 드러내게나. 내가 좋은 말벗이 되어 줌세. 나는 아이들이 있고, 오늘은 크리스마스이브이지 않나. 이제 세 시간 정도만 지나면 아이들이 눈을 뜰 걸세. 자네가 살아생전 한 번이라도 부모였던 적이 있다면 내 말을 이해할 걸세. 나도 이제 좀 쉬어야 하지 않겠나. 그러니 친절을 베풀어 어서 내 앞에 모습을 드러내주게나. 그래야 나도 눈을 좀 붙일 게 아닌가."

내 딴에는 꽤나 심금을 울리는 말이라고 생각했지만, 안타깝게도 전혀 효과는 없었다. 유령은 나의 절절한 말에도 여전히 대꾸 한마디 없었던 것이다. 분명 이 유령은 찔러도 피 한 방울 안 나올 매정한 유령임에 틀림없었다.

"방금 뭐라고 했나?"

나는 마치 유령이 뭔가 말했지만 내가 제대로 못 알아들은 양, 시치미를 뚝 떼고 다시 한 번 물었다. 하지만 유령은 내 수법에 넘어가지 않았다. 그저 약이 오를 정도로 깊은 침묵을 지키고 있을 뿐이었다. 끓어오르는 분노를 애써 꾹꾹 누르며 나는 애꿎은 담배만 벅벅 피워댔다. 그 순간 문득 그 유령은 꽤나 자존심이 강할 지도 모른다는 생각이 들었고, 그쪽으로 손을 써보기로 했다.

"사실 나는 당신에 대해 상세한 글을 쓰고 싶다오."

나는 스스로에게 눈을 찡긋하며 은밀히 말했다.

"나는 당신이 문학계에서 큰 주목을 받을 거라 생각한다오. 이렇게 오랫동안 모습을 나타내지 않는 것으로 보아하니, 당신은 필시 길게 글을 쓸 가치가 있을 만큼 대단한 유령임에 틀림없소. 그저 일 분만에 후다닥 읽고 치울 만한 그런 별 볼일 없는 유령 따위가 아니라, 작가가 자비를 들여 출판하는 책에 실릴 정도로 아주 대단한 유령이라는 말이오. 당신이 조금만 나서 준다면, 당신의 이야기는 아주 멋지게 쓰일 것이오. 아마도 세 권 분량의 소설 정도는 너끈히 쓸 수 있을 것 같소. 하지만 당신을 보지 못한다면 내가 어떻게 그렇게 할 수 있겠소? 그러니 어서 나타나서 당신의 진면목을 보여주시오. 당신을 멋대로 꾸며내서 쓸 수는 없지 않소? 그러니 내가 당신이 어떤 유령인지 짐작이라도 할 수 있도록 제발 살짝이라도 모습을 보여 주시오. 내 장담하지만, 당신은 한여름에 아프리카 한복판에서도 사람을 덜덜 떨게 만들 정도로 무시무시한 유령임에 틀림없소. 당신은 감히 상상도 못할 만큼 공허한 초록색 눈에, 멀쩡한 사람도 미치게 만들 정도로 소름 돋는 미소를 짓고 있을 게 분명하오. 그리고 손은 싸늘하게 식은 고무자루처럼 차갑고 축축할 테고 말이오."

그런 식으로 나는 장장 십여 분 동안이나 그를 칭송하는 말을 떠들어 댔고, 종내에는 부디 모습을 드러내 달라며 애처로운 애원조로 끝을 맺었다. 내가 이토록이나 바람을 불어 넣었으니 이제 슬슬 으스대며 모습을 드러낼 법도 하건만, 유령은 끝내 아무런 대답이 없었다. 나는 진심으로 화가 나기 시작했다.

"그래, 잘 알았소."

나는 식식대며 말하고는 의자에서 벌떡 일어나 난로의 불을 껐다.

"애초에 당신한테 나와 달라고 매달리는 게 아니었는데. 당신이 아킬레스(『일리아드』에 등장하는 영웅으로, 아가멤논과 다투고 칩거하다 친구 파트로쿠로스의 전사 소식에 트로이 전쟁에 참전함 – 옮긴이 주)마냥 틀어박혀서 칩거하건 말건 이제 아무 말도 안 하겠소. 더 이상 당신을 보고 싶은 생각도 없소. 당신보다 훨씬 더 괜찮은 유령을 하나 꾸며내면 그만이지. 어차피 당신은 털끝만큼도 신경 쓰지 않을 것 아니오. 생쥐 한 마리도 못 놀래 줄 만큼 아주 형편없고 초라한 유령이라 차마 부끄러워서 못 나오나 본데, 그런 이유라면 충분히 이해하겠소. 나 같아도 그럴 테니 말이오."

나는 잠시나마 유령이 나를 붙잡아 주기를 기대하며 문을 향해 반쯤 걸어갔다. 하지만 여전히 유령으로부터의 대답은 들리지 않았다. 결국 나는 유령에게 마지막 한 방을 날렸다.

"아마도 유령 노조에라도 가입한 모양이지? 그게 당신의 비밀이오? 고용주가 두둑한 월급을 지불하지 않으면 일몰 후에는 더 이상 허깨비 짓을 하지 않기로 파업이라도 하는 중이오?"

나는 '허깨비'라는 다소 자극적인 말로 유령의 신경을 긁었다. 왜냐하면 내가 알기로 유령들은 '허깨비'라는 말을 흑인이 '깜둥이'라고 불리는 것 이상으로 싫어하기 때문이었다. 대개 유령들은 '허깨비'라는 말을 아주 천박하다고 생각했다. 하지만 그 유령은 마지막까지 침묵을 깨지 않았고, 결국 나는 그를 불러내기를 포기하고 문단속을 한 후 잠자리에 들었다.

잠자리에 들고 나서도 한동안 잠을 이루지 못했다. 과연 유령이 있다고 확신할 만한 근거가 있긴 했던 걸까? 아마 내 주변에 유령 따위는 얼씬도 하지 않았던 것인지도 몰랐다. 물론 그곳에 유령이 있었다는 징후는 확실히 있었지만, 그저 내 기분이 좋지 않아서 그렇게 느꼈던 건지도 몰랐다. 작가로서 재능이 굳었다는 생각이 들었으니, 충분히 우울해 할 만한 상황이긴 했으니 말이다. 나는 스스로에게 자문해 보다가 마침내 그곳에 뭔가 있었다는 내 상상이 틀렸다고 결론짓고는 그대로 눈을 감았다.

"내가 들었던 그 벨소리는 틀림없이 바람 탓이었을 거야."

나는 졸린 목소리로 말했다.

"아마 엄청나게 센 바람이 불어와서 초인종을 누른 것이었겠지."

나는 유령 따위는 없었던 것이라 확신하고 그대로 쿨쿨 잠들어버렸다.

하지만 다음날 아침에 나는 무언가를 깨달았다. 분명 그 크리스마스이브에 뭔가가 우리 집을 찾아왔던 게 틀림없었다. 그것도 아주 끔찍한 무언가가 말이다. 내가 아침식사 전에 몸단장을 하고 있을 때, 아내가 아래층에서 큰 소리로 나를 불렀던 것이다.

"헨리! 지금 당장 내려와 봐요!"

"그건 안 되겠는데. 아직 면도를 반밖에 못했단 말이오."

내가 대답했다.

"그런 건 신경 쓰지 말고 당장 내려오기나 해요!"

아내가 다시 소리쳤다.

결국 나는 한쪽만 면도를 하고, 다른 한쪽 얼굴에는 면도 크림을 묻힌 채 아래층으로 내려갔다.

"무슨 일인데 그러오?"

내가 물었다.

"저걸 좀 봐요!"

아내가 내 서재 바로 앞의 복도에 놓인 할머니의 모직 소파를 가리키며 말했다. 원래 그 소파는 검은색이었다. 하지만 나는 그 소파에 커다란 변화가 생겼다는 사실을 발견했다.

소 파 는　하 룻 밤　사 이 에

흰 색 으 로

바 뀌 어　있 었 던　것 이 다 !

　나를 비롯한 누구도 이 이상한 사건에 대해 설명할 수 없다. 아니, 설명하려는 시도조차 못하겠다. 이해해 보려 해도 도무지 이해할 수 없는 지독한 수수께끼 같은 사건이었다. 하지만 그 소파 자체가 이 집에서 무슨 일이 있었다는 버젓한 증거였고, 독자들이 원한다면 언제든지 그 증거를 보여 줄 수도 있다. 굳이 나를 만나러 올 필요도 없다. 그저 내 집에 와서 소파를 보여 달라고 요구하기만 하면, 언제든지 볼 수 있을 것이다.

　우리는 복도에 놓여 있던 그 소파를 흰색과 금색으로 꾸며진 응접실로 옮겨 놓았다. 우리가 사용하는 방에 그 소파를 두는 것이 못내 꺼림칙했기 때문이다.

Ghosts I Have Met, and Some Others

담배 상자의 미스터리

그건 정말이지 약이 오를 만큼 짜증나는 일이었다. 어엿한 미국 시민이자 친절한 정원사인 동시에 제법 재능도 있는 점잖은 친구인 우리 집의 일꾼 바니 오루크가 나를 철저히 이용했기 때문이다. 그리고 그 모든 빌미를 제공한 원흉은 바로 내 글이었다.

자신이 쓴 글이 그토록 집요하게 자기 발목을 잡는 일은 그리 흔한 일은 아니지만, 어쨌든 실제로 나는 최근에 그런 일을 겪었다. 아마 이 글을 읽는 독자들은 틀림없이 내게 깊은 동정심을 느끼게 될 것이다.

현재 나는 서로 대립되는 감정들로 갈등을 겪고 있다. 나는 바니를 좋아하고 그가 진실하다고 생각했지만, 이제는 과연 그걸 믿어도 좋을지 모르겠다.

지금 내가 겪고 있는 모든 문제의 원인은, 바로 내 집이 유령이 출몰하는 집이라는 데 있다. 내 집에 유령이 떠돌기 시작한 지는 이미 한참 되었고, 아마 지금도 여전히 그럴 것이다.

　어째서 내 집에 유령이 떠도는지 그 이유는 당최 짐작도 못하겠다. 내가 아는 한, 내 집이 과거 한때 끔찍한 사건에 휘말렸던 적은 단 한 번도 없었다. 이 집은 내가 직접 지었고, 비용도 모두 지불했다. 그리고 지금까지 이 집에서 끔찍한 실체적 현상이 일어난 적이 단 한 번도 없었는데도, 적어도 현재로서 이 집이 어처구니없는 유령들의 집회소가 되어 버린 듯했다. 이 무슨 부당한 운명의 장난이란 말인가! 단언컨대 나는 이런 억울한 일을 당할 만한 짓을 한 적이 없는데 말이다.

　만일 내가 푸른 수염(아내들을 죽이는 동화 속 인물 - 옮긴이 주)처럼 심심풀이로 여인들의 목을 난도질하는 습성이 있다거나, 아니면 일요일마다 친구들을 초대해서는 내 서재와 연결된 어두컴컴하고 축축한 지하의 비밀 감옥에 가두는 걸 즐기는 인간이라면, 혹은 내 집에서 저녁식사를 하러 온 손님들이 살아서 가족의 품으로 돌아가지 못하는 경우가 많다면 또 모를까. 하지만 단연코 그렇지는 않다.

　내가 앞에서 열거한 것과 같은 그런 피에 굶주린 흉악한 악당이 이 집에 살고 있지 않는 이상, 이 집에 유령이 출몰할 만한 정당한 이유는 전혀 없다. 이 집에는 결단코 잔인한 범죄를 즐기는 사람이 살지 않는다. 나는 상대가 누구이건 간에 재미로 사람을 죽이는 사람과는 거리가 먼 사람이다. 예컨대, 오페라 공연 내내 콧노래를 흥얼거리는 아주 무식하기 짝이 없는 악마 같은 인간이 내 옆에 앉아 있는 위급상황이라 할지라도 말이다. 나는 그를 피하면 피했지, 죽이려 들지는 않을 것이기 때문이다.

하지만 고백하건대, 사실 나는 내 서재 밑에 석탄 창고나 오래된 우물과 연결된 비밀 감옥이 하나 있었으면 좋겠다고 생각한 적은 있다. 2, 3년 전에 내가 잠시 정치에 몸담았을 때, 자발적인데다 열정적이기까지 한 선거 대표단원들이 떼 지어 몰려와, 시도 때도 없이 일 층에 있는 열여섯 개의 문지방이 닳도록 들락거린 적이 있었다. 그들이 너무나 소란스러웠던 탓에, 나는 프렌치도어를 만든다는 구실삼아 건축가와 비밀 감옥을 만들 설계도를 논의하기도 했다. 또 그 당시에 설령 땅이 쩍 갈라져서 내 동료들을 몽땅 집어삼킨다하더라도, 내가 함께 끌려들어가지만 않는다면 아무래도 상관없다고 생각한 적도 있다.

하지만 내가 이런 도발적인 생각을 했다고 하더라도, 단지 그런 개념을 마음속에 품었다는 이유만으로 내 집에 유령이 출몰하는 것이 정당하다고는 생각지 않는다. 우리는 마음속에 떠오르는 생각을 자신의 의지로 조종할 수 없기 때문이다. 하지만 이처럼 자신이 통제할 수 없는 것을 트집 잡아 벌을 받아야 한다면, 이는 오늘날의 정의에는 전혀 맞지 않는 일일 것이다.

그러고 보니 어떤 흥분한 비평가 하나가 떠오른다. 그는 내 서재에서 언어가 빈번히 살해당한다고 말하며, 나를 언어의 살인자라고 비판했다. 그렇다면 내게 살해당한 언어의 시체가 억울함을 호소하며 피투성이 상처를 내보이면서, 내 집을 아수라장으로 만들고 있다는 말인가.

하지만 설령 그게 사실일지라도 나는 그런 비방 따위는 신경 쓰지 않고 침묵으로 응수하며 넘길 것이다. 내가 고의적으로 언어를 살해한 것은 아니지 않은가. 왜냐하면 나만큼 언어를 많이 사용하는 사람이라면 수많은 언어를 가차 없이 쳐낼 수밖에 없기 때문이다. 그뿐만 아니라 언어는 죽지 않는다. 헨리 제임스(Henry James: 1843~1916, 미국의 소설가 및 평론가. 소설의 형식을 확대하고 독창적인 문체를 완성한 산문 소설의 대가이자, 미국 문학사상 가장 영향력 있는 작가 가운데 한 명이다. 대표작으로는 『데이지 밀러』, 『여인의 초상』 등이 있다 - 옮긴이 주) 같은 작가들은 작품 속에서 오늘날에는 거의 쓰지 않는 어휘들을 종종 쓰는 경향이 있다. 나는 실제로 우리 영사관 직원들이 그 단어를 말하는 걸 들은 적도 있다. 물론 그것이 일반적인 경우인지, 극히 예외적인 경우인지는 알 수 없어서 단정해 말할 수는 없지만 말이다.

이번 이야기는 여러 가지 면에서 아주 흥미롭다. 물론 세상에는 늘 의심 많은 사람들이 있기 마련이니, 이 이야기의 진실성에 회의를 품는 독자들도 있을 것이다. 하지만 세상에는 진실을 기록하는 작가들 역시 분명히 존재한다는 사실을 꼭 알아주었으면 한다.

나는 헨리 제임스나 실베이너스 콥(Sylvanus Cobb: 1823~1887, 미국의 작가 - 옮긴이 주)이 늘 그랬던 것처럼 단순하게 진실을 기록하는 것이 내 소망이자 의도라는 점을 독자들이 알아주길 바랄 뿐이다. 그리고 내 이야기의 진실은 바로 이러하다.

지난 7월 말, 나는 친구들과 시의 행정 문제를 논하기 위해 우리 집에서 모임을 가졌다. 그날 나는 집으로 담배 100개를 주문했다. 담배 외에도 몇 가지를 더 주문했지만, 그것들은 이 이야기와는 하등 관계가 없다. 왜냐하면 그날 모임 중에 우리가 그것들을 단 한 병도 남기지 않고 몽땅 마셔버렸기 때문이다. 하지만 모임이 끝난 뒤에도 이 이야기의 핵심 사건을 제공해 준 담배는 스물 네 개가 남았다. 모임에 참석한 사람이 여섯 명이나 되었는데, 이토록 담배가 많이 남았다는 건 다소 미심쩍은 일이긴 했지만 어쨌건 그랬다. 실제로 마지막 손님이 떠난 후에, 정확히 스물 네 개의 담배가 남아 있었던 것이다.

그리고 다음 날, 나는 가족과 한 달 동안 산으로 휴가를 떠났다. 세 명의 아이들과 열 개가 넘는 트렁크를 챙기느라 서두르는 통에,

담배를 챙기는 걸 깜박 잊어버렸다. 결국 나는 뚜껑도 닫지 않은 그 담배를 서재의 책상 위에 그대로 남겨 둔 채 집을 떠났다. 이는 분명 내 불찰이었다. 그리고 그 작은 부주의가 앞으로 일어날 중요한 사건의 시발점이 되었다.

산에서 보낸 휴가 자체는 달리 특별할 게 없었다. 하지만 여행을 마치고 집으로 돌아왔을 때, 내가 없는 동안 집에서 뭔가 이상한 일이 일어났다는 사실을 깨달았다.

내가 집을 비운 동안 집을 관리하는 것은 바니 오루크의 몫이었다. 그는 내가 오자마자 그동안 집안에 별일이 없었음을 알렸고, 나는 그에게 고마움을 표하며 임금을 지불했다.

"그런데 잠깐만 기다려 보게, 바니."

그가 몸을 돌리고 떠나려 할 때, 나는 바니 오루크를 불러 세우며 말했다.

"여기 담배나 한 대 피게."

나는 늘 그래 왔듯, 친밀한 태도로 그에게 담배를 권했다. 하지만 놀랍게도 그는 내 청을 거절했다. 바니는 얼굴이 시뻘겋게 달아오른 채, 자신이 담배를 끊었다고 대답한 것이다.

"알겠네. 어쨌든 잠시만 기다려 보게. 자네한테 몇 가지 전할 말이 있어서 말이야."

나는 내가 피울 담배를 가지러 책상으로 다가갔다.

하 지 만 담 배 상 자 는
텅 비 어 있 는 게 아 닌 가 !

필시 독자들의 마음속에도 나와 똑같은 의심이 스쳐지나갔을 것이다. 바니가 담배의 유혹에 넘어갔을 것이라고 말이다. 나는 벌겋게 달아 오른 그의 얼굴을 떠올렸다. 과거 고용인들과의 경험을 돌이켜 볼 때, 상황은 불을 보듯 뻔했다. 내 담배는 여름 내내 바니의 즐거움을 위해 몸 바쳐졌을 것이 분명했다.

"그런데 말일세."

나는 바니를 향해 몸을 홱 돌리며 말했다.

"내가 집을 비울 때, 이곳에 담배를 제법 많이 남겨 두고 갔는데 말이지, 바니."

"그건 저도 알고 있습니다요, 나리."

이제 얼굴이 새하얗게 질린 바니가 말했다.

"저도 제 눈으로 직접 보았습죠. 스물 네 개가 있더란 말입니다."

"몇 개인지 세어보기까지 했단 말인가?"

나는 더 의심스러워져 눈썹을 치켜뜨며 물었다.

"그렇습니다요, 나리. 나리께서 안 계신 동안 이 집에 있는 건 모조리 제 소관이니까요. 그리고 나리께서 떠난 그날 아침에, 제가 없어질 만한 물건들은 모두 기록해 놓았습죠."

바니는 초조한 듯 모자를 만지작거리며 대답했다.

"틀림없이 그랬습니다요. 담배 스물 네 개가 놓여 있는 걸 제 두 눈으로 똑똑히 보았습니다요."

"그러면 그것들이 왜 지금은 사라졌는지 설명할 수 있겠나, 바니?"

나는 싸늘한 눈길로 그를 쏘아보며 물었다. 그는 자신이 의심을 받고 있다는 사실을 알고서 등을 움츠렸지만 이내 몸을 추스르고는 말했다.

"안 그래도 그 질문을 하실 줄 알았더랬지요, 나리."

바니는 차분하게 대답했다.

"그리고 그 담배는 누군가가 피웠다고 대답할 참이었습니다요."

"당연히 그렇겠지."

나는 입이 비죽거리려는 걸 애써 참았다.

"그런데 누가 피웠단 말인가? 고양이가 피우기라도 했나?"

나는 모멸감에 어깨를 떨며 물었다. 하지만 내 예상을 빗나간 그의 단도직입적인 대답은 나를 아연실색하게 만들었다.

"유령들 짓입니다요."

그가 딱 잘라 대답했다.

나는 너무 놀라 짧게 숨을 내쉬며 그대로 의자에 털썩 주저앉았다. 무릎에 힘이 쭉 빠져 도저히 서 있을 수 없었던 것이다.

"지금 뭐라고 했나?"

나는 가쁜 숨을 진정시키고 그에게 물었다.

"유령들이라고 했습지요."

바니가 대답했다.

"유령이 나타났습니다, 나리. 그건 나리가 떠나신 지 2주가 지난 금요일이었습죠. 그날 저녁 아홉 시쯤, 저는 왠지 찜찜하고 요상한 기분이 들었더랍니다. 그래서 모든 게 잘 있는지 살피러 이곳을 둘러봐야겠다고 생각했지요. 마누라는 그런 저를 보고 미련해빠졌다고 말했지만 말입니다요, 나리. 저 역시 미련퉁이 같은 짓이라고 생각했지만, 아무래도 뭔가 요상한 기분이 사라지질 않더란 말입니다요. 마누라는 '문은 잘 잠그고 나온 게 맞슈?'라고 묻더군요. '당연히 만날 그렇지.' 내가 대답했지요. '그럼 그냥 기분 탓이려니 하슈.' 마누라가 말했지요. '아니, 뭔가 진짜 께름칙해서 그래. 괜히 변덕부리는 게 아니야.' 내가 대답했지요. 그러고 나서 저는 집을 나섰습지요. 여기 도착했을 때는 열 시였습니다. 그날 밤은 마치 3월 날씨마냥 사방이 시꺼멓고 바람이 아주 거칠었습니다요. 비가 오고 천둥까지 치는 터라 머리통에서 무슨 생각을 하는 지도 안 들릴 정도였더랬지요. 저는 길을 따라 계속 걸었습지요. 천둥소리 외에는 사방이 조용했습니다요. 저는 문을 열어보았지만 문은 딴딴하게 잠겨 있었지요. 그런데도 안으로 꼭 들어가 봐야겠다는 생각이 들었더랬습니다.

집 안에 들어가자 안은 쥐 죽은 듯 조용했습니다. 그런데 나리, 제가 막 집으로 돌아가려던 참에 어디서 연기 냄새가 나더란 말입니다요!"

"불이라도 난 건가?"

나는 흥분해서 물었다.

"제가 불이 아니라 연기라고 말씀드렸지요, 나리."

바니는 존경스러울 만큼 대단히 침착한 어조로 말했다. 그의 온몸에서는 고요한 자신감이 넘쳐흘렀다.

"불이 났으니 연기가 나는 게 아닌가?"

내가 다시 물었다.

"대개는 그렇지만 말입니다요. 저는 나리께서 큰 화재가 났느냐고 물으신 줄 알았습니다. 하지만 제가 맡은 연기 냄새는 바로 담배 냄새였습죠."

"오호라, 그게 바로 핵심이었군. 계속해 보게나. 분명 화재와 담배 연기는 다르니 말이지."

"그렇지요."

바니는 신이 나는 듯 일사천리로 말을 이었다.

"말씀드렸다시피 그 연기는 담배 연기였습니다요. 그래서 저는 더듬더듬 조심해서 계단을 올라가서 서재의 문 앞에서 가만히 귀를 기울였더랬죠. 하지만 안은 쥐 죽은 듯이 조용했습죠. 저는 큰맘 먹고 서재 안으로 발을 디뎠지요. 그러다 깜짝 놀라서 손에 든 걸 떨어뜨릴 뻔 했지 뭡니까. 방 안은 컴컴했습니다만 나리, 의자 위로 여섯 개의 빨간 점이 허공에 둥그렇게 떠 있었더랬지요!"

"바니!"

내가 소리쳤다.

"진짜입니다요, 나리."

그가 말했다.

"그리고 담배 가게에 불이라도 난 것처럼 담배 연기가 방안 가득 메케하게 퍼져 나왔습죠! 저는 이상한 기분이 들어 그대로 도망치고 싶었습니다요. 하지만 용기를 내서 방 안을 가로질러서 전기 버튼을 눌렀지요! 그러자 지지직 하며 가스등이 켜졌더랬죠!"

"경솔한 짓이었네, 바니."

나는 빈정거리는 투로 끼어들었다.

"나리께서 틀림없이 관심 가지실 만한 겁니다."

바니는 강조해서 말했다.

"도대체 뭘 봤는가?"

점점 참을성이 바닥나기 시작한 나는 조급하게 물었다.

"그건 정말이지, 두 번 다시는 보고 싶지 않은 장면이었습니다요, 나리."

바니가 입술을 꽉 다물며 말했다.

"나리. 여섯 개의 빈 의자에 여섯 개의 담배가, 마치 누군가의 입에 물려 있기라도 한 듯이 허공에 떠 있었습니다요. 굴뚝에서 연기가 나오듯 담배 연기를 푹푹 내뿜으면서 말이지요! 이따금씩 담배가 저절로 내려오더니 누군가가 손가락으로 터는 듯이 톡톡 움직였고, 그러자 담뱃재가 바닥으로 떨어지더란 말입니다!"

"그런가?"

내가 미심쩍어 하며 말했다.

"계속 해보게. 다음엔 어떻게 되었나?"

"저는 그대로 도망치고 싶었습니다요, 나리. 하지만 너무 놀라서 못 박힌 듯이 그 자리에 서 있었더랬지요. 마지막 담배가 꽁초까지 타서 벽난로에 던져질 때까지 말입니다요. 다음 날 아침에 저는 벽난로 청소를 하면서 그 꽁초들을 발견했습죠. 그걸 보고 제가 꿈을 꾼 게 아니란 걸 알았더랬지요."

나는 의자에서 일어나서 무슨 말을 해야 할지 생각하며 잠시 방 안을 서성거렸다. 물론 나는 바니가 거짓말을 하고 있다고 확신했다. 마침내 나는 정신을 가다듬었다.

"바니!"

나는 엄한 말투로 말했다.

"그 말이 다 무슨 소용이 있나? 내가 정말 그 잠꼬대 같은 이야기를 믿을 거라 생각했나?"

"아닙니다요, 나리."

바니가 말했다.

"하지만 사실이 그렇습니다요."

"그러니까 내 집에 유령이 있다는 말인가?"

결국 나는 이렇게 소리쳤다.

"그건 모르겠습니다, 나리."

바니가 조용히 말했다.

"예전까지는 그런 생각은 전혀 안 했습니다요."

"예전이라니? 언제 말인가?"

내가 또 물었다.

"나리께서 유령에 대한 이야기를 쓰기 전까지는 말입니다요, 나리."

바니가 조심스레 말했다.

"나리가 무시무시한 기운을 느낀 후에, 나리의 검은색 소파가 하룻밤 사이에 흰색으로 변했다고 하지 않으셨습니까. 또 나리께서는 바로 이 방에서 본 유령 때문에 머리카락이 못처럼 치솟았던 적도 있다고 하셨단 말이지요, 나리. 나리는 몇 년 동안 온갖 유령들을 만난 이야기를 쓰셨고, 늘 그게 진짜라고 강조하지 않으셨습니까요. 제가 나리의 글을 읽었을 때는 그것을 도무지 믿을 수가 없었더랬지요. 하지만 바로 제 눈앞에서 보이지 않는 무언가가 담배를 태워

대는 모습을 보고 나서야 저는 알았습지요. 제 주인 나리께서 거짓 부렁이를 하시는 분이 아니었다는 걸 말입니다요. 그런데 나리께서 그동안 겪으신 유령에 대해서는 실컷 사실이라고 해 놓으시고는, 제가 겪은 일은 거짓부렁이라고 하시면 그동안 나리가 쓰신 글도 모두 다 속임수란 말씀이십니까?"

"하지만 바니."

나는 그를 떠볼 생각으로 물었다.

"이런 일이 일어났을 때, 어째서 내게 편지를 써서 알리지 않았나?"

바니는 특유의 웃음으로 낄낄대며 웃었다.

"나리께 편지를 써서 알리다니요?"

그가 외쳤다.

"제가 만일 제대로 글이라도 쓸 줄 알았다면 나리께 쓰는 게 아니라 나리가 기고하는 잡지의 편집자에게 썼을 것입니다요. 이 정도 이야기라면 족히 10달러의 값어치는 될 테니 말입니다요. 게다가 이 이야기는 진짜란 말이지요. 헌데 제가 글 쓰는 기술을 한번이라도 제대로 배웠어야 말이지요!"

그렇게 바니는 나를 완전히 빼도 박도 못 하게 만들어 놓고서 유유히 그 자리를 떴다. 얼마 뒤, 나는 바니의 이야기가 충분히 그럴 만한 가치가 있다고 생각하여 그에게 10달러를 줬다.

하지만 고백하건대, 나는 지금 딜레마에 빠진 상태다. 내가 이제까지 초자연적인 방문객에 대한 이야기를 써온 이상, 나는 더 이상 바니의 거짓말을 추궁할 수 없게 된 것이다. 물론 그렇다고 해서 그의 이야기를 고스란히 믿을 수 있을 리는 만무했지만 말이다.

이 글을 읽는 독자들 중, 이 상황을 명확히 설명해 줄 수 있을 만큼 고용인들과 유령의 습성에 대해 깊이 있는 연구를 한 이가 있다면, 부디 내게 알려 주길 바란다. 나로서는 여기에 대한 제대로 된 설명을 들을 수만 있다면 그 무엇보다 기쁘고 감사할 것이다.

마지막으로 덧붙이자면, 바니는 끊었다던 담배를 다시 피우기 시작했다.

GHOSTS
I HAVE MET,
AND SOME
OTHERS

뜨내기 유령 쫓아내기

I. 여왕의 기념 행렬식에서 일어난 일

또다시 일이 터지고 말았다. 내 주위에 다시 한 번 유령이 떠돌게 된 것이다. 그리고 이번 유령은 단연코 내가 만나 본 유령 중 가장 불쾌하고 밉살맞은 유령이었다. 그 유령은 못생기고 땅딸막한 데다 옷차림이며 태도가 천박하기 이를 데 없었다. 나는 살면서 무례하고 야비한 런던 뜨내기들을 제법 많이 만나봤지만, 이 유령은 다른 뜨내기들과는 차원이 다를 정도로 재수 없고 짜증나는 녀석이었다. 게다가 그를 도저히 내게서 떼어 버릴 수 없다는 게 무섭도록 치 떨리는 일이었다.

그 유령은 지난 반 년 동안 복수심에 가득 찬 수호천사처럼 나를 집요하게 쫓아다녔다. 나는 그 유령을 쫓아버리기 위해 별의별 수를 다 써보았고, 유령에 대해서라면 거의 나만큼이나 박식한 피터스라는 친구로부터 유령 쫓는 방법을 전수받기도 했다. 하지만 이러한 노력에도 결국 모든 시도는 수포로 돌아갔다.

그 불쾌하고 저속한 유령을 처음으로 만난 것은 런던에서였다. 그리고 그때 이후로 지금까지 그 유령은 내 삶의 골칫덩어리였고, 나는 어떻게든 그 유령을 쫓아내려고 혈안이 된 상태였다.

모든 시작은 지난 6월의 이른 아침에 일어났다. 그날은 빅토리아 여왕의 즉위 60주년 기념 행렬이 있던 날이었다. 나는 노섬벌랜드 애비뉴와 트라팔가 광장이 만나는 모퉁이에 제법 좋은 자리를 확보한 참이었다. 나는 세 번째 줄에 서 있었지만 그다지 신경 쓰지 않았다. 바로 앞에 서 있는 사람들이 나보다 한 뼘 정도는 키가 작았기에 시야 확보에 전혀 무리가 없었기 때문이다. 게다가 런던에서 가장 위험한 사람들인 런던 경찰이 내 주위를 든든하게 지키고 있었다. 런던 경찰은 늘 그래왔듯이, 기념 행렬을 지켜보던 군중이 떠밀려서 자칫 행군을 방해하기라도 한다면 즉시 곤봉을 꺼내들어 민감한 장소를 사정없이 후려칠 태세였다.

하지만 다행히도 나는 10년 전인 1887년에, 빅토리아 여왕의 즉위 50주년 기념 행렬을 지켜보며 당시 영국 경찰이 군중을 어떻게 다루는지 충분히 배웠다. 덕분에 적어도 내 앞에 두 줄 정도의 사람들이 서 있는 편이 낫다는 사실을 나는 알고 있었다. 당시 맨 앞줄의 사람들이 영국 경찰에게 어떤 취급을 당했는지 두 눈으로 똑똑히 목격했던 터라, 행렬을 바로 앞에서 못 보는 한이 있어도 첫 번째 줄만은 피하는 것이 상책이라는 걸 배운 터였다.

곧이어 축하 행렬이 엠뱅크먼트에서 내가 서 있는 노섬벌랜드 애비뉴 쪽으로 다가왔다. 그러자 행렬을 더 잘 보기 위해 뒤에 있던 군중들이 바짝 앞으로 몰려든 탓에, 등 뒤로부터 어마어마한 압박감이 밀려왔다. 뒤에서 밀어붙이는 힘이 너무 센 나머지, 나는 도저히 버티지 못하고 내 앞에 서 있는 작달만한 영국인의 좁다란 등에 그대로 체중을 실어 밀어붙이는 형세가 되었다. 하지만 바로 앞에 서 있는 그의 존재에도 불구하고, 실제로는 그에게서 어떤 물질적 존재감도 느껴지지 않았다. 나는 뒤쪽에서 밀어대는 군중들 탓에 상체는 약 75도 정도 앞으로 쏠려 있었다. 그리고 두 다리는 갑자기 멈춰선 말처럼 앞으로 죽 뻗어 바닥에 단단히 고정시킨 채, 금방이라도 넘어지려는 몸을 지탱하느라 안간힘을 쓰고 있었다.

하지만 내가 아무리 굳세고 강할지라도 엄청나게 두꺼운 돌로 된 벽이 아닌 이상, 내 비천한 몸에 가해지는 거대한 압력을 버텨내기란 도저히 불가능했다. 내 몸을 지탱하는 데에 전혀 도움이 되지 않는 앞사람에게 나는 점점 침범해 들어가기 시작했다. 그러자 그가 몸을 돌리고는 차마 입에 담을 수 없는 욕설을 몇 마디 퍼부었다. 비록 그는 내 뒤를 짓누르는 무게를 지탱하는 데 구운 완두콩만큼의 도움도 되지 않았는데도 말이다!

"미안하게 됐소."

나는 변명조로 말했다.

"헌데 나도 어쩔 수 없소. 여기 있는 경찰관들이 저 뒤쪽으로 가서 우리를 밀어붙이는 군중을 대량학살이라도 하지 않는 한, 당신을 이렇게 밀지 않을 방도가 없어서 말이오."

"내가 할 말은 이게 다야."

그가 응수했다.

"네 몸뚱이를 지금 당장 내 갈비뼈에서 치우지 않는다면, 네가 죽을 때까지 널 쫓아다니겠어!"

"당신이 그 조그만 등뼈를 조금만 더 위로 올리면 그렇게 할 수 있을 것 같은데 말이오."

나는 조금 열을 내며 대답했다.

"그런데 도대체 당신은 누구요? 젤리 인간이나 혹은 고무 인간이라도 되는 것 아니오?"

하지만 그는 미처 대답할 수 없었다. 왜냐하면 내가 말을 끝내자마자 나는 뒤의 군중들에 떠밀려서 그대로 맨 앞줄의 사람과 찰싹 달라붙고 말았기 때문이다. 다음 순간 나는 맨 앞 사람과 나 사이에 끼인 그의 모습을 보고 소름이 쫙 끼쳤다. 그는 나와 맨 앞줄의 사람

사이에 끼여서 머리부터 발끝까지 세로로 죽 늘어난 채 납작하게 찌그러져 있었다. 그 모습은 마치 금방이라도 찢어질 듯 너덜거리는 종이 인형 같았다.

"이런!"

나는 중얼거렸다.

"내가 지금 뭘 한 거지?"

"나……, 날 좀 내보내 줘!"

그가 숨을 헐떡이며 간신히 이렇게 말했다.

"네…… 네놈이 지금 내 몸을 찌…… 찌그러뜨리고 있는 거 안 보여? 어서 비…… 비키라고!"

"미안하지만 못 하겠는데……."

나 역시 숨을 헐떡이며 말했다.

"개뼈다귀 같은 소리 하지 말라고!"

그가 으르렁댔다.

"여긴 내 영역이란 말이다, 이 머저리 같은 녀석아!"

이건 정말 심해도 너무 심한 말이었다. 나는 있는 힘껏 그를 뻥 걷어차고 싶었다. 하지만 다리를 옴짝달싹 할 수 없는 상황인지라, 다리 대신 무릎으로 그를 힘껏 찼다. 그렇지만 내 무릎은 그대로 그를 통과해서, 본의 아니게 그 고무 인간 앞에 있던 맨 앞줄의 남자를 차서 제복을 입은 경찰관 쪽으로 냅다 밀쳐 버렸다. 만일 그 남자가 경찰관 쪽으로 밀쳐지지 않았다면 그는 분노로 씩씩대며 나를 한 방 먹였겠지만, 다행히도 경찰이 그 남자를 자근자근 손봐주었다. 그리고 그 남자가 들것에 실려 나갈 때쯤 되자, 그 조그만 젤리 인간 같은 녀석은 다시 바람이 채워진 고무 인형처럼 부풀어 올라, 원래의 모습으로 돌아와 있었다.

"도대체 당신은 누구요?"

나는 그 해괴한 장면에 기가 차서 외쳤다.

"네놈이 한 살 더 먹기 전까진 알게 될걸!"

그는 격분하며 대답했다.

"치가 떨릴 정도의 밀어내기 기술을 보여 주마. 이 재수 없는 양키 녀석아!"

'재수 없는 양키'라는 말에 나는 더욱 화가 났다. 물론 나는 양키가 맞고, 재수 없는 것도 맞다. 하지만 저런 하층 계급의 영국인 따위가 무례한 어투로 나를 그렇게 지칭하는 건 도저히 참을 수 없었다. 그래서 나는 다시 한 번 무릎으로 그를 걷어차려고 했다. 하지만 이번에도 내 무릎은 그대로 그를 통과해서, 뒷모습을 보이고 서 있던 경찰관의 엉덩이 부근을 걷어차고 말았다.

그러자 그 경찰관은 불같이 화를 내며 홱 뒤돌아서더니, 그 젤리 인간이 아니라 나를 향해 마구잡이로 곤봉을 휘두르기 시작했다. 경찰관에게는 그 젤리 인간이 전혀 보이지 않는 듯했다. 그제야 나는 마음속에 스쳐가는 끔찍한 진실을 깨달았다. 내 앞에 있는 이 존재는 과거 거리 행렬의 가련한 잔재와도 같은 유령이었던 것이다. 그리고 그 유령을 볼 수 있는 건 특별한 눈을 가진 나뿐인 듯 했다.

다행히도 그 경찰의 타격은 나를 비켜갔고, 나는 경찰에게 내게 무도병(몸의 일부가 갑자기 제멋대로 움직이거나 경련을 일으키는 증상 – 옮긴이 주)이 있어서 다리가 이따금씩 제멋대로 움직인다고 설명했다. 그러면서 미안하다는 말과 함께 10실링짜리 금화 한 닢을 건넸다. 경찰은 나의 사과와 금화를 둘 다 흔쾌히 받아들였고, 마침내 평화가 찾아왔다.

그리고 이내 마차에 탄 빅토리아 여왕을 볼 수 있는 영광의 시간이 다가왔다. 비록 여왕의 모습은 온통 양산에 가리어져 있어서 보이는 것은 고작 여왕의 팔꿈치뿐이었지만 말이다.

그 이후, 행렬이 끝날 때까지 더 이상 별다른 사건은 없었다. 이따금씩 내 앞의 작달만한 유령이 고개를 돌리고는 자신을 찌그러뜨릴 뻔한 데 대한 답례로 입에 담지 못할 욕설을 퍼부어대긴 했지만, 그 정도는 어찌 보면 애교에 불과했다.

바로 그날 밤, 중대한 문제가 발생했다. 그리고 그 문제는 지금까지도 여전히 내 발목을 잡고 있다. 그날 밤 내가 잠자리에 들기 직전, 그 끔찍한 유령이 내 숙소에 나타났던 것이다. 그 유령은 새벽 네 시까지 그 빠르고 거슬리는 목소리로 쉬지 않고 입방정을 떨어댔다. 나는 그에게 제발 좀 꺼지라고 말했지만 그는 단칼에 거부했다. 나는 너무나 화가 나서 그를 향해 주먹을 날렸으나, 그것은 허공에 뜬 연기에 대고 주먹질하는 것과 매한가지였다.

"좋아, 알겠어."

나는 옷을 걸쳐 입으며 말했다.

"네가 안 나가겠다면, 내가 나가고 말겠어."

"내가 원하던 게 바로 그거였어."

그가 말했다.

"너도 네 자리에서 밀쳐지니 기분이 어떠냐? 어제는 6월 21일이었지. 네가 나를 밀쳐낸 것처럼 나도 정확히 일 년 동안 너를 네 자리에서 밀어낼 테다."

"쳇!"

나는 그의 말을 받아쳤다.

"어제 나를 재수 없는 양키 녀석이라고 했지. 그 말이 맞아. 나는 곧 네 영역에서 까마득히 먼 위대한 미국 땅으로 떠날 테니 말이야."

"아, 그런 문제라면 말이지."

유령이 차분하게 대답했다.

"미국 정도는 나도 따라갈 수 있다고. 증기선이라면 아주 많으니까. 뭐, 내가 원한다면 굳이 배가 아니라 바람을 타고 바다를 건널 수도 있지만, 사실 바람은 좀 불편해서 말이지. 어떤 바람은 바다를 끝까지 통과하질 못해서 중간에 갈아타야 하거든. 예전에 바다 한 가운데서 바람이 멈춰 버리는 탓에 다음에 오는 바람을 기다리느라 일주일을 보낸 적도 있다고. 게다가 어이없게도 그 바람은 뉴욕이 아니라, 날 아프리카에 내려 주어서 아주 귀찮게 됐지."

"바람을 잘못 탔다, 이거구만?"

나는 킥킥거리며 말했다.

"그렇지."

그가 대답했다.

"바다에 빠져 죽지는 않았나?"

나는 자못 흥미를 느끼며 물었다.

"이 머저리 같은 놈아!"

그가 빽 소리를 질렀다.

"물에 빠져 죽다니 그게 가당키라도 해? 난 유령이라서 물에 빠져 죽을 수가 없다고!"

"이것 보라고. 나를 한 번만 더 머저리라고 부르면……."

"그러면 어쩔 건데?"

그가 이를 드러내고 웃으며 내 말을 잘랐다.

"그러면 어쩔 거냐고? 네가 아무리 머리를 굴려 봤자, 난 이미 죽은 유령이라고!"

"어디 두고 보라지!"

나는 머리끝까지 화가 나서 고함을 치며 재빨리 방을 빠져나왔다. 사실 이러한 행동은 제대로 된 반격이라고 보기에는 초라하기 짝이 없었고, 솔직히 꽤나 수치스러웠다는 건 인정한다. 하지만 그 당시에는 그것이 최선이었다. 대부분의 사람들이 그렇듯이 새벽 4시는 재치 있는 입담을 떠올리는 능력이 가장 저조해지는 시간이기 때문이다.

나는 서너 시간 동안 아무 목적 없이 런던 거리를 헤맨 후에야 내 방으로 돌아왔다. 유령은 이미 사라지고 없었다. 하지만 그 순간 나는 지금껏 여행 중에서 느껴보지 못했던 엄청난 허기가 밀려왔다.

대개 나는 아침을 아주 조금만 먹는 편이었지만, 오늘 아침만은 열여섯 코스의 푸짐한 정찬 정도는 먹어 주어야 이 어마어마한 허기가 가실 듯했다. 그래서 나는 삶은 달걀 하나로 때우던 평소의 소박한 아침 식사 대신, 사보이 호텔(1889년에 완공된 영국 런던에 위치한 호텔-옮긴이 주)을 찾아갔다.

그리고 오전 아홉 시쯤, 나는 그 멋진 호텔의 조식 룸으로 들어갔다. 마침 그곳의 창가에는 내가 영국으로 오는 증기선에서 만난 보스턴의 트라비스 가문의 딸인 트라비스 양이 앉아 있었다. 그녀를 발견했을 때의 반가움이란!

트라비스 양은 이전에 봤을 때보다 한층 더 아름답고 도도해 보였다. 그녀는 내게 자신의 일행에 합류할 것을 권했고, 나는 순순히 그 초대를 받아들였다.

　내가 자리에 앉아 먹음직스러워 보이는 멜론을 먹어치우려 막 입을 벌린 참이었다. 바로 그 순간, 나는 그곳에서 그 천박하기 짝이 없는 유령의 모습을 발견했다. 그 유령은 모자를 삐뚜름하게 쓰고, 체크무늬 바지를 휘날리며 죽은 자도 놀라서 벌떡 일어날 만큼 요란한 소리를 내며 저벅저벅 안으로 걸어 들어왔다. 상의에는 초록색 격자무늬 조끼를 입고 있었는데, 그 모든 조합은 미국 골프장에서도 범죄가 될 만큼 충분히 끔찍한 차림새였다.

　"사람들이 네놈의 그 해괴한 옷차림을 못 보는 게 천만 다행이군!"

　그가 다가왔을 때 내가 나지막한 소리로 속삭였다.

　"아이고, 이게 누구신가. 이 친구야!"

　그가 내 등을 철썩 때리며 큰 소리로 말했다.

　"나를 당신네 멋진 일행에게 소개 좀 시켜 주지 않겠나."

　그는 그렇게 말하고는 트라비스 양을 향해 능글맞게 웃어댔다. 하지만 슬프게도 어떤 빌어먹을 기적이라도 일어났는지, 그 유령의 모습은 내가 보는 모습 그대로 다른 사람들 눈에도 똑똑히 보이는 모양이었다.

　"사실은……."

　트라비스 양이 차갑게 등을 돌리며 말했다.

"그건 힘들겠는데요. 엘리노어, 이 신사 분은 친구 분과 함께 식사 하시라고 하고, 우리 아침 식사는 방으로 가져달라고 해요."

그리하여 트라비스 양 일행은 싸늘하게 웃으며 위층으로 올라가 버렸다. 그 유령은 트라비스 양이 앉아 있던 의자에 걸터앉더니, 그 녀가 남기고 간 롤빵을 허겁지겁 먹기 시작했다.

"이것 보라고!"

나는 더 이상 참지 못하고 소리쳤다.

"도대체 이게 무슨 악마 같은 짓거리야?"

"밀어내기 두 번째!"

그가 사악한 미소를 지으며 대답했다.

"꽤 그럴싸했지? 이제 세 번째를 기대하라고. 어마어마한 게 기다 리고 있으니까 말이야. 그럼 잘 있게나."

유령은 내가 그의 머리에 찻주전자를 내던지기 일보 직전에 이렇 게 말하고는 사라져 버렸다. 그가 사라진 동시에 내 식욕도 함께 사 라져 버렸음은 두말할 것도 없었다. 이제 나는 트라비스 양을 찾아 서 사정을 설명하는 일이 남아 있었다. 덕분에 아침 식사에는 손도 대지 않고 곧장 호텔의 사무실로 가서 트라비스 양에게 내 전언을 남겼다. 하지만 얼마 지나지 않아 대답이 돌아왔다.

"아가씨는 외출하셨고, 돌아오지 않으실 것 같다고 전하셨습니다."

돌아온 남자는 거들먹거리는 투로 내게 말했다.

나는 이 일로 미칠 듯이 화가 났고, 앞으로 그 악마 같은 유령이 얼마나 더 큰 문제를 일으킬지 걱정이 되기 시작했다. 나는 더 이상의 소동이 일어나기 전에 영국을 몰래 빠져나가 미국으로 돌아가기로 결심했다. 그 빌어먹을 유령이 내 의도를 눈치 채기 전에 말이다. 나는 즉시 사보이 호텔을 빠져 나왔다. 그리고 그린스타 증기선 사무실을 방문하여 다음 날 아침에 리버풀에서 출발하는 다이제스틱호에 객실을 예약했다. 그런데 급하게 짐을 싸고 있을 때, 그 유령이 다시 나타났다.

"어디 멀리라도 가시려나?"

"그래."

나는 짧게 대꾸했다. 그리고 그를 속이기 위해 말했다.

"내 옛 친구 리버턴 박사를 만나서 리밍턴에서 한 주 동안 있을 예정이지."

"오, 그래?"

그가 말했다.

"주소를 알려 줘서 고맙군. 네가 거기서 머무르는 동안 널 괴롭히는 일을 소홀히 할 순 없지. 곧 네 머리가 하얗게 셀 정도로 괴롭혀줄 테니, 마음 단단히 먹고 있으라고. 그럼 또 보지."

그런 후에 그는 "리밍턴의 리버턴 박사, 리밍턴의 리버턴……"이라고 내가 말한 주소를 읊으며 사라졌다. "절대 잊어버리지 말아야지"라는 말을 남기고서 말이다.

그가 사라지자마자 나는 조그만 소리로 낄낄댔다.

"뛰는 놈 위에 나는 놈이 있단 말씀이지."

나는 그를 떼어 버릴 생각에 신이 나서 말했다. 잠시 후, 나는 점심을 든든하게 먹고 리버풀 행 기차에 올랐다. 그곳에서 내일 아침, 뉴욕으로 가는 다이제스틱 호에 오를 예정으로 말이다.

II. 불운한 항해

잔잔한 머지 강에서 다이제스틱 호가 거대한 닻을 올렸다. 조금만 지나면 넓디넓은 바다가 그 끔찍한 유령과 나를 갈라놓을 것이라 생각하자 평온함이 감쌌다. 이는 실로 이제껏 느껴보지 못한 즐겁고도 소중한 감정이었다. 이제 모든 것이 평화롭게만 보였기에 나는 기분 좋게 휘파람을 불며 내 객실을 찾아 아래층으로 향했다. 하지만 휘파람을 분 것이 무안할 정도로 행복한 순간은 너무나 덧없이 끝나고 말았다.

내가 나 혼자 쓰기로 예정된 방으로 다가갔을 때, 방 안에서 뭔가 불경스러운 소리가 들려왔다. 비누를 불평하는 소리, 조명 기구에 저주를 퍼붓는 소리, 항구의 위치에 대한 악담과 보기 싫은 침구를 내다버려야 한다는 등의 해괴한 소리가 들려오는 것이었다.

"이상한걸."

나는 사환에게 말했다.

"항해 동안 이 객실은 내가 예약했는데, 안에서 누군가의 목소리가 들리는군요."

"전혀 안 들리는걸요."

사환은 이렇게 말하고는 방문을 열었다.

"이 방은 비어 있는데요."

적어도 그 사환에게는 틀림없이 그렇게 보이는 듯했다.

"하지만!"

나는 소리를 질렀다.

"방금 아무것도 못 들었나요?"

"들었습니다."

그가 솔직하게 말했다.

"하지만 저는 손님이 복화술을 하고서 저에게 장난이라도 거는 줄 알았지요."

사환은 빙그레 웃으며 말했다. 나는 너무나 어이없고 화가 나서 미처 대구할 말이 떠오르지 않았다. 잠시 후, 독자들도 예상했다시피 그 유령이 모습을 드러냈다. 그는 이전보다 한층 더 야비해 보였다.

"안녕하신가!"

그가 내 짐 가방으로 장난을 치며 태연하게 말을 걸어왔다.

"바다를 건널 예정이신가 봐?"

"아니!"

내가 비꼬는 목소리로 대답했다.

"그냥 수영이나 해볼까 해서 말이야. 배가 강을 벗어나서 바다로 나가면 배 밖으로 뛰어 내려서 아조레스 제도(대서양 중부에 있는 포르투갈령의 섬들 - 옮긴이 주)까지 헤엄치는 내기를 하기로 했거든."

"판돈이 얼마인데?"

"5실링."

나는 너무 큰 금액을 대 봤자 그가 이해하지 못할 거라 생각하고 되는 대로 내뱉었다.

"쳇!"

그가 혀를 차듯이 내뱉었다.

"차라리 예전처럼 마차나 모는 게 낫겠군."

"그래?"

내가 말했다.

"자네가 생전에 하던 게 그거였군. 마부 말이야. 꽤나 머리 쓰는 직업이었군. 잉글랜드 은행에서 리폼 클럽(the Reform Club: 영국 런던의 신사들의 사교 클럽 - 옮긴이 주)까지 마차를 몰려면 머리 좀 써야 했을 테니까. 안 그런가?"

나는 그가 이 말에 기가 죽기를 바랐다.

"아니, 그렇진 않아."

그는 의외로 유순하게 말했다.

"그렇지만 이 이야긴 해줘야겠네. 나는 내 마차에 글래드스턴 씨 (1809-1898, 영국의 수상 - 옮긴이 주)나 사기꾼 왕자(당시 영국 황태자 였던 에드워드 왕자를 지칭함 - 옮긴이 주)를 태우고 다닐 바에는 차라리 빈 마차를 끌고 다니는 게 더 낫다고 말이야."

"사기꾼 왕자라고?"

나는 다소 고압적인 말투로 말했다.

"내 말이 그 말이지."

그가 응수했다.

"너 같은 양키 녀석들은 영국 황태자(Prince of Wales)를 파도를 지배하는 고래 왕자(Prince of Whales)라고 부르겠지만 말이야."

유령의 말에 나는 웃음을 터뜨릴 수밖에 없었다. 나는 이참에 유령과 화해를 시도해 보기로 했다. 그 유령이 나와 정치적 의견을 같이했기에, 왠지 그를 추어올려 주고 싶은 기분이 들었던 것이다.

"한잔 하겠나?"

내가 슬쩍 물었다.

"아니, 사양하겠어. 술은 안 마셔서 말이지."

그가 대답했다.

"대신 자네에게 담배나 한 대 주지."

나는 그의 제안을 받아들였다. 그는 담배 상자에서 제법 질이 좋아 보이는 담배 하나를 꺼내어 내게 건넸다. 나는 그 담배를 입에 물려고 애썼지만 애꿎은 혀만 깨물고 말았다. 유령은 그 모습을 보고 미친 듯이 웃기 시작했다.

"지금 이건 무슨 장난인가?"

나는 짜증을 내며 물었다.

"자넬 갖고 논 거지."

그가 대답했다.

"유령 담배를 입에 물려고 안간힘을 쓰는 멍청이를 구경하는 건 언제 봐도 미칠 듯이 웃기거든."

그 순간, 그와 화해하려 했던 마음이 눈 녹듯 사라졌다. 나는 다시 그에게 욕으로 응수하기 시작했다.

"이 천박하기 짝이 없는 유령 같으니라고!"

기어코 나는 이렇게 소리를 질렀다.

"지금 당장 여기서 꺼지지 않는다면 네 몸의 뼈라는 뼈는 모조리 부러뜨려 주겠어."

"잘 알았어."

그는 냉정하게 대답하고는 종이철에 대고 뭔가를 휘갈겨 쓰기 시작했다.

"자, 여기 주소를 적어 뒀어."

"주소라니?"

내가 되물었다.

"네가 내 뼈를 부러뜨릴 수 있는 내 묘지의 주소 말이야. 옆문으로 들어가서 묘지기한테 물어 보면……."

"이 지독한 불한당 같으니라고!"

나는 새된 비명을 질렀다.

"여긴 내 방이야. 내가 돈을 내고 직접 선택한 방이라고! 그러니 이 방은 내가 쓸 거야. 똑바로 알아들었나?"

그는 그런 내 반응을 마치 공연이라도 관람하듯 지켜보더니, 곧이어 휘파람을 불며 짝짝짝 박수를 쳐댔다. 그러고 나서 내게 몸을 기대고는 말했다.

"브라보, 브라보! 정말 대단해. 리어 왕 역할을 맡아도 손색이 없겠어. 마지막 대사를 다시 한 번 읊어보겠나?"

그의 차분한 태도에 나는 더욱 화가 치밀어 올라 자제력을 완전히 상실했다. 나는 물병을 주워 들고는 온 힘을 실어 그에게 집어던졌다. 하지만 물병은 그대로 그를 통과해 세면대 위의 거울에 정통으로 맞았고, 와장창 하는 요란한 소리와 함께 유리 파편이 바닥에 떨어져 내렸다.

얼마 지나지 않아 객실의 문이 벌컥 열렸다. 이 배의 선장이 사환과 의사를 대동하고 입구에 서 있었다.

"이게 도대체 무슨 일입니까?"

선장이 물었다.

"이 방은 나 혼자 쓰기로 되어 있는 방이라고요."

나는 분노에 떨며 말했다.

"그래서 나는 내 방에 버티고 있는 저 혼령에게 항의하던 참이었습니다."

나는 이렇게 말하며 손가락으로 유령을 가리켰다.

"저 혼령이라니요?"

선장이 유령이 있는 곳을 쳐다보며 물었다. 유령은 이를 드러내며 상스럽게 웃고 있었다.

"바로 저거 말이오!"

나는 미처 제대로 된 상황판단을 하지 못하고 소리를 질러 댔다.

"저게……. 저걸 뭐라 부르건 간에, 어쨌든 저놈이 내 방에 자리를 깔고 앉아서는 20분 동안이나 나한테 불한당 마냥 욕지거리를 퍼붓지 뭐요. 이런 젠장! 선장, 내가 그걸 어떻게 참을 수 있겠소!"

"명백한 상황이로군."

선장이 한숨을 쉬며 몸을 돌려 의사에게 말했다.

"구속복을 가져 왔소?"

"감사합니다, 선장님."

나는 선장의 말에 기분을 가라앉히며 말했다.

"저놈은 그렇게 대접받아 마땅하지요. 그런데 문제는 말이죠. 아시겠지만, 저건 물질적인 실체가 아니라서 말이죠. 저놈의 몸은 켄슬그린 묘지에 묻혀 있어서 구속복은 놈에게 소용이 없을 겁니다."

그러자 의사가 방안으로 들어와 부드럽게 내 팔을 잡았다.

"옷을 벗으십시오."

의사가 말했다.

"그리고 이리 누우십시오. 진정하셔야 합니다."

"내가요?"

나는 그때까지도 내 처지를 전혀 깨닫지 못하고 물었다.

"그건 아니죠. 당장 저놈을 데려 가시오. 내가 원하는 건 그것뿐이오."

"옷을 벗고 저 침대에 누우세요."

의사가 다시 한 번 단호하게 말했다. 그런 후에 의사는 선장에게 자신을 도와 줄 선원 두 명을 불러 달라고 했다.

"아주 귀찮게 될 것 같습니다."

그러고 나서는 의사가 선장에게 나지막한 목소리로 덧붙여 말했다.

"아주 제대로 미쳤거든요."

뒤이어 이어진 나의 사투를 자세하게 글로 기록하고 싶지는 않다.

간단히 말하면, 그 의사는 내게 옷을 벗고 침대에 누울 것을 집요하게 강요했고, 나는 그 부당한 결정에 이를 악물고 저항했다. 하지만 의사의 요청으로 불려온 두 명의 건장한 선원들과 사환이 의사를 도와 나를 구속하자 나의 저항도 싱겁게 끝이 났다.

나는 강제로 옷이 벗겨진 채 침대에 내던져졌고, 뒤이어 구속복과 가죽 끈으로 몸이 붙들어 매졌다. 내 분노는 끝을 모르고 치솟아 올랐고, 그 분노를 나는 거침없이 거친 말들로 뱉어냈다.

멀쩡한 상황에서도 심신이 건강한 상태로 활기차게 선박 여행을 즐기기란 쉽지 않다. 하물며 더운 여름날, 부당한 이유로 해수면 아래의 객실 침대에 가죽 끈으로 꽁꽁 묶인 억울한 상황이라면 두말할 것도 없다. 그리고 이 모든 것은 바로 그 빌어먹을 짐승 같은 뜨내기 유령 때문이었다. 나는 내 감정을 있는 대로 발산하며 고래고래 악을 써댔다.

리버풀을 출발한 지 이틀째 되던 날, 나는 삼등실로 이동되었다. 내 옆방에 머물던 두 여인이 나의 광기 어린 비명 소리를 도무지 들어 줄 수 없다며 선장에게 항의했기 때문이다.

내가 삼등실의 좁아터진 침대 위에 여전히 끈으로 묶인 채 누워 있을 때, 그 땅딸보 유령이 다시 모습을 드러냈다.

"어디 보자."

유령은 침대 모서리에 앉아서 말했다.

"이제 무슨 생각이 드나? 나야말로 진정 밀치기 마을의 밀어내기 대장이라 할 만하지 않나?"

"그래, 네놈 말이 맞아."

나는 경멸에 찬 말투로 말했다.

"그런데 허깨비 씨, 한 가지만 말해 주지. 내가 죽으면 나 역시도 유령을 하나 갖게 되겠지. 그러면 내 유령이 널 찾아낼 거다. 젠장, 그리고 내 유령이 널 때려죽이지 못한다면 기필코 내 유령과 인연을 끊어버리겠어!"

내 말에 그의 얼굴이 약간이나마 하얗게 질린 듯했다. 하지만 고작 그 정도로 기분이 좋아지기에 나는 너무나 피곤했다. 곧 나는 눈을 감고 잠을 청했다. 며칠 후, 내가 차분해지고 어느 정도 이성을 되찾자 의사는 나를 풀어 주었다. 그리고 남은 여행기간 동안 다른 승객들과 마찬가지로 자유롭게 지낼 수 있었다. 물론 끊임없이 감시를 당하긴 했지만 말이다.

그런데 그보다 훨씬 더 짜증나는 일이 있었다. 바로 내 널찍한 특등실에는 얼씬할 수도 없었다는 점이다. 그리고 아마도 틀림없이 그 방은 그 빌어먹을 뜨내기 유령의 차지가 되었을 거라는 사실이 나를 더욱 괴롭게 했다.

배는 일주일 동안의 항해를 끝내고 마침내 뉴욕에 도착했다. 나는 더 이상의 괴롭힘 없이 배에서 내릴 수 있었다. 하지만 내 극악무도한 유령 친구가 나를 대신하여 내 가방 안에 있던 관세 물품을 신고해서, 다시 한 번 나를 곤경에 빠뜨렸다. 덕분에 나는 아낄 수 있었던 돈을 더 지불해야 했다. 하지만 항해 동안의 사건 이후로 나는 여기에 대해 입을 다무는 편이 낫다고 생각했다. 그리고 언젠가 먼 미래에 내가 유령이 되면 그를 만나서 죽을 때까지 실컷 패 주리라는 희망을 갖고, 힘겨운 경험을 담담히 받아들였다.

그렇게 시간이 흘러갔다. 그 뜨내기 유령은 11월까지는 나를 내버려 두었다. 11월에 나는 노스웨스트에 있는 어떤 대학에서 강연을 하기로 되어 있었다. 나는 집에서 멀리 떨어진 그 대학으로 가서한 공무원의 소개를 받고 연단 위에 서서 강연을 시작했다.

한창 강연을 진행하던 중, 교단 바로 아래의 비어 있던 의자에서누군가 나타났다. 그것의 정체는 말할 것도 없이 바로 그 뜨내기 유령이었다. 그 유령은 별로 대단치도, 웃기지도 않은 대목에서 깔깔대며 천박한 웃음을 터뜨려서 나를 당혹케 했다! 나는 심리적으로완전히 무너져 내렸고, 결국 비틀거리며 교단을 내려왔다. 그리고자그마한 강의 준비실에서 나는 그 유령과 마주쳤다.

"네 번째 밀치기 성공!"

유령은 이렇게 외치고는 그대로 사라져 버렸다.

그 유령을 어떻게 하면 없앨 수 있을지에 대해 피터스에게 자문을 구한 것은 바로 그 시기였다.

"아주 말도 못할 지경이라고."

나는 피터스에게 말했다.

"놈은 내 인생을 완전히 망치고 있어. 사교적으로는 트라비스 가와 완전히 틀어졌지. 게다가 틀림없이 그들은 런던에서 있었던 일을 여기저기 떠들고 다닐걸. 이제 난 사교계에서 추방당한 몸이나 마찬가지야. 어디 그뿐이겠어. 다이제스틱 호에서는 내 정신 상태를 심각하게 의심받았지. 그리고 이제는 내 인생 처음으로 2천 명이 넘는 사람들 앞에서 공개 강연을 하던 중에 완전히 무너져 내리는 꼴까지 보였어. 지금까지 아무 문제없이 수십 번이나 해온 강연이었는데도 말이야. 이제 더 이상은 못 참겠어."

"그래, 과연 그냥 두고 볼 수만은 없겠군."

피터스가 대답했다.

"내가 그 유령을 제거할 수 있게 도와주지. 아직 완벽한 게 아니라서 과연 먹힐지는 모르겠지만 말이지. 자네 소화(宵火) 요법을 써본 적이 있나?"

잠시 설명하자면, 피터스는 무색무취의 액체로 기분 나쁜 유령들을 공격해서 이들을 완전히 제압한 경험이 두 번 정도 있었다. 액체의 화학 작용으로 유령의 내부에 있는 불을 꺼뜨릴 수 있었던 것이다.

"불은 생명의 불꽃이라서 유령들에게는 꼭 필요한 요소라네."

피터스가 설명했다.

"자네가 소화기 입구를 유령한테 대고 뿜어대면 유령은 간단히 사라질 것일세."

"아직까지 그 방법은 안 써 봤어."

내가 대답했다.

"하지만 기회가 되면 꼭 해봐야겠군."

나는 그 유령을 쫓아내리라는 희망을 안고 피터스와 헤어졌다.

집으로 오는 길에 나는 응급사태에 대비하여 가져다 둔 소화기 두 개를 저택 뒤편에서 꺼내 와서 잔디에 대고 시험해 보았다. 나는 이 소화기가 유령들에게도 제대로 먹힐지 궁금해서 아무 유령에나 대고 실험해 보았다. 그러자 실제로 효과가 있었다! 유령은 다이너마이트를 실은 소다수 통처럼 하늘로 올라가 펑 하고 폭발하고 말았던 것이다. 그 모습을 본 나는 실로 오랜만에 진정한 행복이 가슴 밑바닥에서부터 서서히 차오르는 것을 느낄 수 있었다.

"그 천하기 짝이 없는 땅딸보 유령 놈이 나타나기만 해 봐라."

나는 웃음을 터뜨렸다. 하지만 내 즐거움은 얼마 가지 못했다. 그 밉살스러운 땅딸보 유령이 몰래 엿듣고 있었던 건지, 아니면 구석에서 내가 소화기를 시험해 보는 걸 몰래 지켜보았는지 몰라도, 그날 밤 그 유령은 소화기 공격에 완벽히 대비한 모습으로 내 서재에 나타났다. 그 유령은 현란한 격자무늬 방수포를 두르고, 머리에는 동그란 털모자까지 쓰고 있었다.

내가 놈에게 소화기를 분사하자 그는 등을 돌려 내 공격을 받아냈고, 결국 아무런 해도 입지 않았다. 대신 애꿎은 내 원고만 흠뻑 젖고 말았을 뿐이다. 그 원고는 내가 하루 종일 작업한 것이었기에 놈을 향한 원한이 한층 더 깊어졌다. 소화기의 액이 다 떨어지자, 그 유령은 몸을 빙글 돌리고는 천장이 떠나갈 듯 웃어 댔다. 뒤이어 내 책상 위의 흠뻑 젖은 원고를 보더니, 놈은 한층 더 흥분하여 아예 발작이라도 하듯 몸까지 떨어가며 웃는 것이었다.

"정말 재밌어서 돌아 버릴 지경이야!"

그가 소리를 질렀다.

"내가 당한 걸 즉석에서 배로 되갚아 준 셈이구먼. 애써 쓴 원고가 홀딱 젖어버리는 것만큼 작가들에게 짜증나는 일은 없을 테니 말이야. 안 그런가?"

하지만 나는 대꾸하기에는 너무나 화가 치밀었고, 내가 실패했다는 사실이 몹시 분해서 도저히 방안에 머물 수 없었다. 나는 곧바로 방에서 뛰쳐나가 두 시간 동안 들판을 서성거렸다. 한참 후에 내가 돌아왔을 때 이미 유령은 사라지고 없었다.

III. 유령의 배상

그 유령은 3주 후에 다시 모습을 드러냈다.

"이런 세상에!"

내가 소리쳤다.

"또 나타난 거야?"

"그래."

그가 대답했다.

"지난번에 네 원고를 망친 건 미안하게 됐어. 하루 종일 작업한 게 다 소용없게 되었으니 정말 안됐지 뭐야."

"나도 그렇게 생각해."

나는 싸늘하게 응수했다.

"이제 와서 미안해하는 척 해봤자 소용없어. 내 인생에 두 번 다시 나타나지 않는다면 네 진심을 믿어 주지."

"그러셔?"

그가 말했다.

"그래서 내가 좀 다른 방식으로 내 진심을 증명했거든. 진짜라고! 나에게도 양심이 있단 말씀이지. 솔직히 양심이란 놈을 그다지 잘 써먹지는 않지만 이번에는 좀 달라. 사실 내가 지난번 상황을 곰곰이 생각해 보니 내 마음 속에서 양심이란 놈이 이렇게 말하더란 말이야. '이 친구에게 모질게 대하는 건 괜찮아. 그를 화나게 하고 어딜 가든 쫓아버리는 것까지는 괜찮다고. 하지만 적어도 그가 하는 일을 망쳐버리지는 말아야지. 저 친구도 먹고 살아야 하니까'라고 말이지."

"그렇지."

내가 끼어들었다.

"그리고 지난번에 배 안에서 내가 나중에 유령이 되면 어떻게 할 거라고 말한 걸 잊지는 않았겠지. 아마 네놈도 내가 죽기를 바라진 않을 거야. 내 유령이 제대로 덤벼들면, 네놈은 한 주먹거리도 안 될 걸. 난 지금도 열심히 단련하고 있다고."

"이 한심하고 웃기는 친구 같으니!"

유령이 웃으며 말했다.

"이 불쌍한 인간아! 내가 그런 걸 무서워 할 것 같으냐! 나라고 가만히 당하고만 있겠어? 어디 작정하고 덤벼 보라지. 그나저나 네 말을 들으니 내가 망친 원고를 어떻게든 보상해 보려고 끙끙댔던 게 후회되는군."

그의 말에 나는 왠지 새로운 재난을 예고하는 듯한 불길한 느낌에 사로잡혔다.

"방금 뭐라고 했나?"

나는 신경질적으로 물었다.

"네 원고를 어떻게든 보수해 주려고 끙끙댔던 일이 후회될 지경이라고 말했지. 글쓰기…… 그것도 시를 쓰는 건 정말이지 내게는 지독하게 버거운 일이라고. 네 원고가 엉망이 된 게 하도 불쌍해서 네놈 대신 기껏 고생해서 글을 써 줬더니만, 은혜도 모르는 파렴치한 놈 같으니라고. 내 수고가 아까울 따름이야.”

“도대체 무슨 말을 하는 거야.”

나는 초조하게 말했다.

“도대체 그게 무슨 말이냐고?”

“그 말은, 내가 너 대신 시와 단편 소설을 여섯 편 써서 네가 기고하는 잡지들의 편집자 앞으로 보냈단 말이지.”

“그게 나랑 무슨 상관이지?”

내가 물었다.

“넌 땡잡은 거야. 원고료는 네가 받을 테니 말이야. 네 이름으로 원고를 보냈거든.”

“뭐…… 뭐…… 뭐라고?”

내가 다급하게 소리쳤다.

“네 이름으로 원고를 보냈다고. 그중에서 ‘석탄을 주우며’라는 제목으로 쓴 소네트(짧은 시 – 옮긴이 주)가 제일 긴데, 잡지에 실리면 족히 여섯 페이지는 될걸.”

“하지만!”

내가 외쳤다.

"이 멍청아, 소네트는 14행보다 길어선 안 된다고!"

"아, 맞아. 그렇지."

그가 침착하게 대답했다.

"하지만 그 시는 400행이 넘는걸. 게다가 나는 '불멸'이라는 제목의 세 페이지짜리 사행시도 썼지. 정말이지 내가 읽어 본 것 중 최고로 웃긴 시라니까. 나는 그 시를 〈위클리 메소디스트〉 지에 보냈어."

"세상에, 이런, 미친!"

나는 신음했다.

"세 페이지짜리 사행시라니!"

"그럴지도."

유령은 그 빌어먹을 담배에 불을 붙이고는 침착하게 말했다.

"그리고 그 글에 대한 공은 모두 너에게 돌아갈 거야."

하지만 순간 나는 한 줄기 가느다란 희망의 끈을 붙들고 신경질적인 웃음을 터뜨리며 말했다.

"그래 봤자, 편집자들은 그게 내 글이 아니라는 걸 알 거야. 그들은 내 필체를 잘 안다고."

"그럴 리가."

그는 내 모든 희망을 대번에 내동댕이치며 말했다.

"그런 사태에 대비해서, 네가 쓰던 타자기를 찾아내서 일일이 타자기로 다시 치는 고통을 감내했지. 내가 쓴 시를 그대로 타자기로 옮겨 쳤다고."

"하지만…… 원고와 함께 보낼 자필 서신이 필요했을 텐데?"

내가 끼어들었다.

"그런 문제라면 간단히 해결했지. 나는 얇은 종이에 타자기로 편지 내용을 친 다음에, 맨 아래에 네 서명을 베껴 썼지. 아무 문제없을 테니 걱정 말라고, 친구. 절대 의심받을 리는 없을 테니까."

유령이 아무 일도 아니란 듯이 태연하게 대답했다.

그러고 나서 그는 시계주머니에서 유령 시계를 꺼내 들고 시간을 확인한 후, 그대로 사라져 버렸다. 내 인생에서 가장 비참한 나락 속에 나를 빠뜨리고서 말이다! 그 유령은 내 사교적 입지를 망쳤고, 강연자로서도 실격시켰다. 게다가 바다에서는 나를 미친 사람 취급을 받게 했다. 그런데 그것으로도 모자라 이제는 내게 가장 연약한 부분인, 문학에 대한 내 자질과 욕구를 사정없이 공격함으로써 치명타를 날린 것이다.

나는 그가 썼다는 '불멸'에 관한 '세 페이지짜리 사행시'를 읽기 전까지는 도무지 마음을 놓을 수가 없었다. 저 비열한 놈의 행태로 보아, 놈은 떨어질 대로 떨어진 내 자존감으로도 감당 못할 최악의 무언가를 내 이름으로 어딘가에 보낸 것이 틀림없었다.

그나마 내게 떠오른 유일한 위안은 그가 타자로 쳐낸 시와 편지, 그리고 그가 베낀 내 서명은 보통 사람의 눈에는 보이지 않을 거라는 것이 사실이었다. 하지만 얼마 지나지 않아, 그것은 나만의 착각이었다는 사실을 깨달았다.

다음 날 아침, 나는 내 '고객들'로부터 열두 개의 소포를 받았다. 소포의 겉면을 낱낱이 살펴본 결과, 이 소포들 안에는 내가 쓴 글이 들어 있는 것이 분명했다. 반송된 봉투의 위쪽 구석에는 내 이름과 주소가 적혀 있었기 때문이다. 비록 나는 한 번도 거기에 주소를 쓴 적이 없는데도, 그곳에 적힌 필체는 틀림없이 내 것과 똑같았다. 봉투 안에는 엄청난 양의 원고가 들어있었다. 이 원고들은 내 타자기로 친 것이 분명했고, 나조차도 깜박 속을 만큼 내 것과 똑같은 정교한 서명이 되어 있었다.

그리고 그 내용은!

그 원고들에 적힌 문장은…… 사실 엄밀히 말해 문장이라고 할 수도 없었지만, 어쨌든 극도로 야만적이고 무례하다는 말로도 부족할 정도로 한심스러운 글이었다. 그리고 각각의 원고에는 내게 잠시 '글쓰기를 중단할 것'을 권유하는 해당 잡지 편집자의 편지가 동봉되어 있었다. 어떤 편집자는 내게 '알코올 중독 치료'를 제안하기도 했다.

나는 즉시 자리에 앉아, 이 터무니없는 원고를 받았던 수많은 편집자들에게 이 모든 상황을 소상히 설명하는 편지를 썼다. 하지만 추후 일 년 동안은 내 원고를 읽지 않겠다는 짤막한 서신과 함께, 내 편지는 봉투가 뜯기지도 않은 채 그대로 반송되었다.

심지어 〈위클리 메소디스트〉 지의 친한 편집자 한 명은 내 동생에게 나를 좀 잘 보살펴달라는 내용의 전보를 보내어 사태를 더 악화시켰다. 뿐만 아니라 그는 아무짝에도 쓸모없는 친절을 베풀어, 다음 호 잡지에 "우리 잡지의 소중한 기고자인 뱅스 씨가 안타깝게도 심한 신경 쇠약증으로 갑작스레 집에서 요양하시게 되었습니다"라는 글을 실어놓았고, 그 덕분에 내 이력에 대한 온갖 억측이 난무하다 결국 사망 기사에 내 이름이 실리는 지경에 이르렀다.

나 자신의 부고를 접했을 때, 나는 거의 눈물이 앞을 가릴 지경이었다. 그리고 그 순간, 등 뒤에서 그 뜨내기 유령의 억센 영국 사투리가 들려왔다.

"다섯 번째 밀치기!"

뒤이어 커다란 웃음소리가 들려왔다. 나는 잉크병을 집어 들어 온 힘을 다해 뒤로 던져 버렸다. 하지만 결국 벽지에 커다랗고 보기 싫은 얼룩만 덩그러니 남겼을 뿐이다.

Ⅳ. 실패

내 생계 수단이 박살난 것도 모자라 벽지까지 엉망이 되자 나는 참을 수 없을 만큼 괴로웠다. 나는 도무지 스스로를 추스를 수 없어, 모자를 쓰고 우체국으로 달려가 피터스에게 '긴급' 전보를 보냈다.

완벽한 유령 소탕법을 갖고 즉시 와 줄 것.
수신자 부담(collect)으로 대답해 줘.

나는 그로부터 곧 답신을 받긴 했지만, 그 답신은 매우 경박해서 내 동요를 전혀 가라앉히지 못했다.

왜 그러나? 도대체 무얼 모을(collect) 작정이지?
산만한 네 정신 상태라도 다시 모아 보려고?
(collect의 중의적인 의미를 가지고 농담을 함 - 옮긴이 주)

그가 이런 답변을 보내 왔다.

나처럼 불행한 상황에 처해 있는 사람에게 그런 경박한 말장난 같지도 않은 전보를 보낸 것은 몹시도 밉살스런 행동이 아닐 수 없었다. 만일 그가 전보 비용을 자신이 부담하지만 않았다면 아마 나는 절대 그를 용서할 수 없었을 것이다. 나는 그 전보를 받고 미친 듯이 화가 나서 분노를 담아 답신을 보내려던 참이었다. 그 짜증나는 유령이 다시 나타나서 내 신경을 긁어 놓지만 않았다면 말이다.

"자, 이제 나에 대해 어떻게 생각하나?"

유령은 내 의자에 편안히 몸을 기대며 말했다.

"내 밀치기 실력이 제법이지 않나, 안 그래?"

유령은 이렇게 말하고는 잉크 자국이 나 있는 벽 쪽으로 빙그르 몸을 돌렸다.

"오호라, 이것 좀 보게. 벽장식이 정말 기발하군! 당장 벽지 가게에서 일해도 되겠어. 잉크만 충분하다면 여느 장인의 실력에 못지않겠는걸."

나는 그의 존재를 철저히 무시하는 척했다. 그렇게 얼마간 침묵이 흐르고 나서 그가 다시 말을 이었다.

"아주 단단히 뿔이 났군 그래. 뭐, 네 탓은 아니지. 속에서 천불이 나는데 아무것도 할 수 없는 것만큼 괴로운 게 또 없거든. 그것 때문에 분노로 폭발해 버린 사람도 있다지. 사실 나는 이전에도 사람을 미치도록 짜증나게 하는 기술을 써먹은 적이 있거든. 예전에 내 마차를 한 시간 동안 빌린 녀석이 하나 있었지. 나는 그 녀석을 내 마차에 태우고 런던 시내 전역을 돌아 다녔어. 그런데 그 녀석이 어떤 식당 앞에 마차를 세우게 하더니 나더러 밖에서 기다리라고 하고는 식당으로 쏙 들어가더군. 나는 한참이나 그를 기다렸지만 도무지 나오질 않더란 말이야. 알고 보니 놈은 식당 뒷문으로 몰래 도망쳐 버린 거였어. 아주 영악한 수법이지. 나는 어이가 없어 한참을 웃었지 뭐야. 하지만 마침내 내가 놈 주변을 떠돌 기회가 왔을 때, 나는 아주 제대로 복수해 줬지. 내가 죽은 지 3년 후에 나는 기필코 놈을 찾아냈어. 그리고 유령 마차를 타고 그가 가는 곳은 어디든 따라 다녔지. 놈이 교회에 가면, 나는 내 유령 마차를 몰고 교회의 복도까지 그를 졸졸 따라 들어갔어. 놈이 여자를 만나러 갈 때도 그 집의 객실 안까지 마차를 몰아서 그를 따라다녔고 말이야. 내가 몰고 온 말이 놈의 발을 짓밟으며 미친 듯이 히힝 댔어. 물론 다른 사람들의 눈에는 나도, 내 마차도, 내 말도 전혀 보이지 않았지. 날 볼 수 있는 건 그놈뿐이었다고. 그러니 놈은 완전히 미쳐 버릴 지경이 되어 도무지 감당이 안 될 정도로 좌절감에 빠져 버린 거야. 그러다 마침내 놈은 무기력함을 못 이겨 갑작스럽게 분노를 터뜨리더니 결국 폭발하고 말았지. 마치 비누 거품처럼 펑 하고 말이야. 정말 끝내 주게 재미있는 광경이었지. 심지어 내 말도 그 모습을 보고 웃어 대더란 말이지."

"그 이야기를 들려 줘서 고맙군."

나는 그의 화를 돋우길 바라며 애써 무관심한 태도로 대답했다.

"그 이야기를 글로 써야겠어."

"그렇게 하라고."

유령이 말했다.

"그렇게 한다면 그 일은 내게 여섯 번째 밀치기가 될 거야. 아마 그 글을 읽는 사람들은 네 상상력이 너무 거칠고 터무니없다고 입을 모을 테니까. 결국 그런 이야기를 글로 썼다간 네 작가 경력에 커다란 금이 갈걸."

"다시 한번, 고맙군."

나는 차분하게 말했다.

"네 충고에 감사해. 네 말이 맞아. 그건 글로 안 쓰는 게 좋겠어."

"그렇게 하도록 해."

유령이 응수했다.

"잘 고민해 보라고. 나는 뭐 아무래도 상관없으니까 말이야."

유령은 그렇게 말하고는 또다시 사라져 버렸다.

다음 날, 피터스가 내 집에 도착했다.

"내가 왔네."

그가 집안으로 들어오며 말했다.

"마침내 자네가 실행해 볼 만한 완벽한 계획을 세웠어. 자네가 보낸 전보를 받고 아무래도 내 도움이 필요할 것 같아서 직접 왔지. 자네가 마치 고양이처럼 바짝 신경을 곤두세우고 있는 듯해서 말이야. 헌데 자네 집을 따뜻하게 하려면 어떻게 해야 하나?"

"그걸로 뭘 어쩌려고?"

나는 성마르게 물었다.

"그 정도로는 그 땅딸보 유령을 증발시킬 수 없다고."

"그러자는 게 아닐세."

피터스가 대답했다.

"그건 예전에 시도해 봤는데 별 효과가 없더라고. 그보다는 더 좋은 계획이 있어. 자네 혹시 뜨거운 난로로 데워진 연기구름이 통풍구에서 나오는 기류에 붙들렸을 때, 그 연기가 어떻게 되는지 본 적이 있나? 그 연기는 기류에서 빠져나가려고 이리저리 뒤틀리거나 혹은 갈기갈기 찢어져서 흩어지고 말지. 안 그런가?"

"그래. 나도 본 적이 있다네. 그래서 뭘 어쩌잔 말인가?"

내가 떨떠름한 표정으로 물었다.

"그러니까 일단 그 뜨내기 유령이 매일 밤 자네 방으로 찾아오는 습관이 들 수 있도록 최대한 그를 잘 구워삶아 놓게. 그러면서 놈이 눈치 채지 못하도록 기회를 잘 엿보다가 기회가 왔을 때, 방 안의 난로를 최대한으로 작동시켜서 놈을 갈가리 찢어 놓는 거야. 어떤가?"

"바로 그거야!"

그제야 나는 신이 나서 외쳤다.

"자넨 정말 천재야!"

나는 벌떡 일어나서 피터스가 그만 두라고 할 때까지 그의 손을 잡고 흔들어 댔다.

"놈을 상대하려면 힘을 아껴 두라고."

피터스가 말했다.

"기운 내야 할 거야. 그 유령은 몸이 찢어지기 전에 어떻게든 거기서 벗어나려고 안간힘을 써 댈 텐데, 그건 그다지 유쾌한 모습은 아닐 거야. 그건 마치 옛날에 능지처참 형을 당하던 모습과 비슷할 거야."

그 장면을 상상만 해도 진저리가 쳐졌기에 나는 언뜻 그 계획을 물리고 싶은 생각이 들었다. 하지만 그동안 놈에게 당한 끔찍한 일들을 떠올리니 약한 마음은 곧 사라졌다.

"글쎄, 또 모르지."

나는 고개를 저으며 말했다.

"설사 그 장면이 무시무시하다 해도 그걸 보며 통쾌하다고 느낄지도. 이 집은 그 작전을 실행하기에 딱 좋아. 특히 따뜻한 날에는 더욱 더 말이야. 일전에 내 방의 난로에서 치솟은 뜨거운 불꽃이 날아와서 책상 위에 있던 원고를 홀라당 태워 먹은 적도 몇 번인가 있었다고."

"잘 됐군!"

피터스가 말했다.

"방 안에 공기가 회오리치도록 하는 게 가장 중요하니 말이야!"

다행히도 겨울이 다가오고 있었기에 우리는 난로의 성능을 마음껏 시험해 보았고, 그 결과는 만족스러웠다. 우리는 비눗방울을 불어서 공기의 흐름대로 떠다니게 내버려 두었다. 이윽고 비눗방울은 기이한 형태로 찌그러진 채, 도망칠 곳이라도 찾듯이 이곳저곳을 날아다니더니 이내 펑 하고 터져 버렸다. 진정 끝내주는 장면이었다. 그걸 보고서 내 인생을 피폐하게 만들고 있는 그 땅딸보 악당 유령이 복수의 여신을 영접할 날이 얼마 남지 않았다는 것을 나는 확신했다.

그 계획이 최종적인 성공을 거둘 것이라는 데 조금의 의심도 없었기에 유령이 어서 빨리 나타나기만을 초조하게 기다렸다. 나는 난로의 연통에서 가차 없이 뿜어져 나온 열기가, 그 끔찍한 유령의 몸을 갈기갈기 찢어서 서서히 소멸시키는 끔찍한 장관을 보게 되기를 소름끼치도록 열망했다.

하지만 짜증나게도 이번 주가 다 지나도록 그 유령은 모습을 드러내지 않았다. 나는 그가 내 의도를 눈치 챈 건 아닌지 두려워지기 시작했다. 그 유령이 나타나지 않는 것이 얼마나 실망스럽던지 그에게 여섯 번째 '밀치기'를 당한 듯한 느낌마저 들었다.

그러나 어느 날 밤, 마침내 그 유령이 다시 나타나자 걱정스러운 마음은 곧 누그러졌다. 그날 밤은 성공적인 음모를 도모하기에 딱 적당한 밤이었다. 서쪽에서는 거센 바람이 휘몰아치고 있었다. 그리고 내 방 난로의 연통에서는 간헐적으로 폭발하듯 공기 덩어리가 뿜어져 나오는 중이었다. 다른 때 같았으면 이 모든 것이 나를 아주 짜증나게 했을 테지만, 오늘만은 이 상황이 더없이 반가웠다. 종잇조각들과 내 의자에 달린 술 장식은 바람을 머금은 듯 부풀어 올라 있었고, 난로의 불꽃은 굴뚝 연통 높이까지 튀어 오르지 않을까 염려될 만큼 활활 타오르고 있었다.

하지만 그 뜨내기 유령이 나타난 순간, 내 집의 안전에 대한 두려움 따위는 금세 사라져 버렸다. 나는 유령이 통풍구 근처에 왔을 때 다시 켤 작정으로 통풍구의 난방을 꺼 두었다. 만일 제대로만 된다면 놈은 한 방에 가 버릴 터였다. 하지만 결론적으로 그건 나만의 착각이었다. 비록 그 구역질나는 유령이 통풍구 근처에서 당한 일이 진심으로 기쁘긴 했지만 말이다.

"내가 다시 돌아오길 기다렸지, 안 그런가?"

서재에 모습을 드러낸 유령이 말했다.

"내가 그립지 않았나?"

"자네가 정말 끔찍하리만큼 그리웠다네."

나는 그를 환영하듯 두 팔을 내밀며 진심을 담아 대답했다.

그러자 유령은 미심쩍은 듯 얼굴을 찌푸렸다.

"난 이제 그냥 자네를 있는 그대로 받아들이기로 했어. 어차피 자네에게 벗어날 수 없으니까 말이야. 생각해 보니 그것도 뭐 그리 나쁘진 않겠더라고. 그동안 잘 지냈나?"

"쳇!"

그가 시답잖다는 투로 응수했다.

"지금 뭘 하자는 건가? 내가 그 어느 때보다도 아주 치가 떨리게 싫을 텐데. 뭔가 재미있는 수작이라도 꾸미고 있는 건가?"

"사실은……, '아리'."

내가 머뭇거리며 대답했다.

"그건 오해라고. 그건 그렇고 자네를 '아리'라고 불러도 되겠나? 방금 막 떠오른 건데, 자네에게 가장 어울리는 이름 같아서 말이지."

"뭐 생각나는 대로 부르라고."

그가 시큰둥하게 대답했다.

"하지만 네가 나한테 그렇게 알랑방귀를 껴 봤자, 어차피 널 믿진 않을 거라는 걸 잊지 말라고."

다음 순간 그는 몸을 부르르 떨면서 말을 이었다.

"그런데 여긴 정말 젠장 맞게 춥군. 얼음이라도 쌓아 두고 있는 건가?"

"글쎄, 벽난로에 불을 켜 놨으니 저쪽으로 가 보게나."

나는 그가 굴뚝과 통하는 곳의 바로 앞으로 가길 마음속으로 간절히 빌며 말했다. 왜냐하면 그곳은 기류가 일직선으로 빠져 나가는 통로였기 때문이다. 그러자 그는 나를 의심스러운 듯이 쳐다보더니, 이윽고 다시 고개를 돌려 미심쩍은 눈으로 벽난로를 바라보았다. 그러더니 귀에 거슬리는 조롱 섞인 웃음을 터뜨리며 어깨를 으쓱했다.

"쳇! 무슨 수작이지? 나를 날려 버리려고 폭발성 화학 물질이라도 쌓아 놓으셨나?"

나는 웃음을 터뜨리며 말했다.

"거참 의심도 많군!"

"그래, 난 늘 의심이 아주 많다고."

그가 대답했다. 그리고 나서는 내 제안과는 정확히 반대 위치인 통풍구 앞에 자리를 잡고 앉았다. 기회는 생각보다 훨씬 더 쉽게 찾아 온 것이다!

"여기는 하나도 따뜻하지 않잖아."

유령이 말했다.

"거기는 불이 꺼져 있어서 말이지. 원한다면 켜 주겠네."

나는 마음속의 흥분을 애써 감추며 말했다. 그리고 곧바로 전원을 작동시켰다.

앞에서도 말했듯이, 통풍구에서 나오는 강한 회오리바람에 붙들린 그 유령의 모습은 실로 유쾌한 장관이었다. 하지만 내가 의도했던 바가 제대로 먹힌 것은 아니었다. 유령은 기류에 붙들리긴 했지만, 그 기류는 그의 다리와 목을 비틀어 찢을 정도로 파괴적이지는 않았다.

유령은 우리가 실험했던 비눗방울처럼, 기괴하고 이상야릇한 형체로 부풀어 올랐다가 마치 꽈배기처럼 엉켰다 풀렸다 하긴 했지만, 몸 자체가 해체되지는 않았다. 그는 기류에서 빠져 나가기 위해 안간힘을 썼고, 그 모습은 오브리 비어즐리(Aubrey Beardsley: 1872~1898, 영국의 삽화가. 특유의 섬세하고 장식적인 양식을 확립했다. 퇴폐적 분위기로 가득 찬 환상의 세계를 낳았고, 이 양식은 아르 누보와 그 밖의 운동에 많은 영향을 주었다 – 옮긴이 주)의 섬세한 작품에서도 보지 못한 기괴한 장관을 연출하고 있었다.

다음 순간, 그의 다리 한 짝과 오른팔이 바깥쪽의 거센 회오리바람에 휩쓸렸다. 나는 그 부위들이 엿가락처럼 늘어지다 뚝 끊어지는 걸 보고 싶었지만, 그는 초인적인 힘을 발휘하여 손가락 하나만을 제외하고, 팔과 다리를 회오리바람에서 간신히 빼냈다. 하지만 유령은 기류의 영향으로 곧장 방을 가로질러 난로 앞으로 획 날아가 버렸다.

그 유령은 이제 난로를 통해 굴뚝 속으로 빨려 들어가기 일보 직전이었다. 그는 있는 힘껏 두 다리에 체중을 싣고 버텼다. 하지만 결국 균형을 잃고 마치 깃털처럼 떠올라 마침내 발가락부터 난로 속으로 빨려 들어가기 시작했다. 유령은 몸부림을 치고 욕설을 마구 내뱉었지만 끝내 연통 속으로 쑥 빨려 들어가고 말았다.

그 모습을 본 나는 승리를 자축하며 웃는 것도 잊을 만큼 흥분했다. 하지만 이내 그 유령의 끔찍하고 기묘했던 모습이 떠올라 신경이 날카로워졌다. 그리고 다음 순간 일어난 일은 내 희망을 무참히 박살내 버리고 말았다.

이 무슨 악마 같은 조화인지 난데없이 역풍이 불어 닥쳤고, 그 불행한 피조물은 몹쓸 굴뚝을 통해 다시 내 방 안으로 들어온 것이다! 그는 몸이 꺾인 채 헐떡거렸고, 한쪽 손가락이 사라진 피폐한 몰골로 다시 내 눈앞에 나타났다. 그는 분노에 가득 차서 전신을 덜덜 떨고 있었다.

그가 처음으로 입을 열었을 때, 무슨 소리를 지껄였는지 굳이 여기에는 쓰지 않겠다. 그저 뒤틀린 영혼의 분노에 가득 찬 포효라고 표현할 수밖에. 그는 증기선처럼 식식대며, 태워 버릴 듯 이글이글한 눈빛으로 나를 쳐다보았다.

"이제 결말이 났군."

그가 악의에 찬 목소리로 아직도 식식거리며 말했다.

"사실 나는 네놈을 한 번만 더 괴롭히고 손을 뗄 작정이었지. 그런데 네놈이 빌어먹을 화덕으로 나를 갈기갈기 찢어 죽이려는 비열한 짓을 했단 말이지. 이제 나는 네놈이 죽을 때까지 쫓아다닐 테다. 네놈이 이 세상을 떠나는 마지막 순간까지 널 따라다니며 괴롭혀 댈 거라고. 네놈이 어서 빨리 죽음이 찾아와 달라고 기도하게 될 정도까지 말이다. 너도 알다시피 나는 눈에는 눈, 이에는 이로 대응한다고. 네놈이 나를 찢어 죽이려 했으니 이제는 네가 당할 차례지. 곧 다시 찾아올 테니 기대하고 있으라고!"

유령은 이렇게 말하고는 사라져 버렸다. 나는 그 순간 너무 절망스러운 나머지 의자에 몸을 던지고 서럽게 울었다는 걸 고백해야겠다.

피터스의 계획은 결국 실패로 돌아갔고, 내 상황은 전보다 훨씬 더 나빠졌다. 단순히 그에게 밀쳐짐을 당하는 것까지는 그런대로 참을 수 있었다. 하지만 그가 그 무시무시한 회오리 기류와 사투를 벌이는 모습을 보고 난 후, 그에 상응하는 보복을 당할 거라 생각하니 도무지 참을 수 없었다. 이제껏 그와 내가 했던 실랑이보다 훨씬 더 무시무시한 것이 나를 기다리고 있을 것만 같았다.

하지만 미리 말하자면, 이제는 모든 것이 잘 해결되었다. 도대체 어떻게 해서 그렇게 되었는지에 대한 자세한 설명은 마지막 장을 위해 남겨 두었다.

V. 후기

이제 내겐 희망이 없었다. 알 수 없는 미래에 대한 두려움은 그 어느 때보다 깊어졌다. 나는 자리에 앉아 곰곰이 광고 문구를 구상했다. 나는 이 뜨내기 유령에게서 나를 벗어나게 해 줄 방법을 알려주는 이에게 상당한 사례를 하겠다는 공고문을 모든 신문과 주간지,

그리고 월간지에 실을 작정이었다.

그동안 창의적인 발명가들은 생쥐나 들쥐 혹은 집안의 해충들을 성공적으로 박멸해 왔다. 그렇다면 이 세상에는 밉살스런 유령을 상대할 수 있을 만큼 충분히 재능 있는 사람도 있지 않겠는가. 쥐나 벌레를 소탕하는 것이 가능하다면, 이 세상 어딘가에는 유령 연구에 매진하며 유령 소탕 방법을 진화시켜 온 재야의 고수가 없으리란 보장이 어디 있겠는가. 어딘가에는 유령 잡는 폭약이나, 유령을 퇴치할 효과적인 자연적 요법 같은 걸 개발해 낸 이가 있을지도 모를 일이었다.

이 세상의 수많은 사람들 중에서 나나 피터스보다 유령과 유령 퇴치법을 더 진지하게 연구한 사람이 분명 있을 터였다. 그리고 이들과 연락이 닿을 수만 있다면 나는 그 유령으로부터 벗어날 수 있을지도 모른다. 그리하여 나는 다음과 같은 내용의 공고문을 작성했다.

모집 공고

원한을 품은 유령에게 쫓기는 신진 작가가

유령을 제거해 주실 분을 모집합니다.

1898년 2월 1일 전에 유령을 퇴치하실 경우

상당한 보수를 지급합니다.

유령을 제거할 수 있는

검증된 방법을 자세히 적어서

다음의 주소로 보내 주십시오.

유령이 효과적으로 **제거**될 때까지

엄격하게 기밀을 유지해야 합니다.

유령 퇴치가 완전히 이루어진 이후에는

누구나 그 방법을 이용할 수 있도록

무료로

오늘날 최고의 광고 매체에

그 방법을 홍보해 드립니다.

나는 가명과 임시 주소를 덧붙이고는 이 서류들을 막 부치려던 참에, 마침 윌킨스라는 친구로부터 편지를 받았다. 플로리다 주에 살고 있는 그는 전기 연구생으로, 엄청난 부자였다. 그는 내게 레이크 워스(Lake Worth: 미국 플로리다 주의 동남부에 있는 도시 – 옮긴이 주)

에서 이번 크리스마스 휴가를 함께할 것을 권유했다.

그의 편지에는 이렇게 쓰여 있었다.

"멋진 계획이 있다네. 일단 시험을 해 볼 작정인데 자네가 함께 해 줬으면 해서 말이지. 자네가 괜찮다면 내 새로운 전기 요트와 다기능 동력선인 '고독한 낚시꾼' 호를 보러 플로리다까지 좀 내려오지 않겠나?"

그 제안은 단숨에 내 마음을 끌었다. 사실 요즘처럼 불안하고 초조한 상황에서는 기분 전환을 하는 것도 나쁘지 않은 생각 같았다. 게다가 윌킨스는 함께 어울리기에 꽤나 유쾌한 친구였다.

그리하여 나는 걱정일랑 잠시 잊고, 냉큼 짐을 챙겨 윌킨스가 있는 남쪽의 플로리다로 향했다. 하지만 복수심에 불타는 그 유령은 내 여행을 완전히 꼬아 버렸다. 잭슨빌에서 한밤중에 누군가가 나를 깨운 것이다. 차장처럼 보이는 자가 내게 기차를 바꿔 타야 한다고 말했고, 나는 잠결에 그의 말대로 했다. 기차를 갈아탄 나는 다시 그대로 잠이 들었고, 다음날 아침에 일어났을 때, 목적지가 있는 키웨스트 방향이 아니라 플로리다를 가로질러 반대 방향으로 가고 있다는 사실을 깨달았다. 그리하여 나는 결국 레이크 워스에서 멀리 떨어진 걸프 해안의 호모사사라는 작은 지역에 도착했던 것이다.

다시 말해, 첫 번째 기차에서 나를 깨웠던 것은 차장이 아니라 나를 쫓아다니는 그 뜨내기 유령이었고, 놈은 밤의 어둠을 틈타서 나를 혼란에 빠뜨렸던 것이다. 목적지가 아니라 엉뚱한 호모사사의 역에서 내린 내가 당혹해 하던 찰나, 그 유령이 다시 모습을 드러냈다. 그러고는 이번 것을 일곱 번째 '밀치기'인 동시에 첫 번째 '비틀기'라고 이름 붙이고는 만족스러운 듯 낄낄댔다.

"제법 괜찮은 곳이지 않나?"

그가 웃으며 말했다. 그 웃음에 나는 속이 뒤틀리는 듯했다.

"레이크 워스에서 뭐 나름 가깝잖아? 그러니까 칙칙폭폭 기차를 타고 한 이틀 정도만 가면 되는 정도? 뭐, 다음에 네가 제대로 기차를 갈아탄다면 그 정도 걸린단 말이지."

나는 그가 보이지 않는 척했다. 그러고는 그 따위 일에는 별 신경 쓰지 않는다는 걸 과시라도 하듯, 휘파람으로 까발레니아 루스티카나(마스카니가 작곡한 오페라 곡 – 옮긴이 주)의 간주곡을 불었다.

"시도는 좋았어, 친구."

그가 말했다.

"하지만 애써 태연한 척 해 봤자 소용없어. 네가 그렇게 휘파람을 불어 댄다 해도, 너한테 문제가 생긴 건 변함이 없으니 말이야. 곧 내 두 번째 '비틀기' 공격을 기대하시라고. 차라리 회오리바람에 날려 가는 편이 낫다고 애원하고 싶을 테니 말이야."

그가 말한 대로, 나는 이틀이 지나서야 윌킨스가 있는 레이크 워스에 도착할 수 있었다. 하지만 그곳에 도착한 순간, 그동안 나를 지배하던 짜증과 깊은 낙담은 금세 사라져 버렸다. 월킨스가 제안한 그 '시험'에 참여하는 것이 너무나 흥미로웠기 때문이다.

월킨스가 보여준 '외로운 낚시꾼' 호는 정말 훌륭했고, 전기 요트는 더욱 더 근사했다. 우선, '외로운 낚시꾼' 호는 매우 깔끔하고 단순했다. 그 배에는 전기로 작동되는 낚싯대가 있었는데, 낚싯대 끝에 물고기가 걸리면, 낚싯대가 감기며 물고기를 끌어 올려 바구니 속으로 던져지도록 되어 있었다. 누구나 좋아할 만한 쉽고 확실한 방법이었다. 하지만 전기 요트의 원리는 완전히 새로운 방식이었다.

"이제 바람이 없어도 어디든 항해할 수 있지."

바람이 불지 않는 탓에 나른하게 매달려 있는 큰 돛을 감아 당기며 월킨스가 말했다.

"이것 보라고."

그는 조종 장치에 있는 버튼 하나를 누르며 말했다.

"이 버튼을 누르면 배 뒷부분에 있는 전기 송풍기가 작동하면서 인공적인 바람을 만들어 내서 돛을 팽창시키지."

그의 말이 맞았다. 배 후미에 있던 거대한 전기 송풍기가 열두 개의 날개를 움직이며 엄청난 속도로 회전하기 시작했고, 즉시 배 안의 돛들이 일제히 부풀어 오르기 시작했다. 다음 순간, 그 전기 요트 호러스 제이 호는 바다를 가르며 엄청난 속도로 나아가기 시작했다.

"정말이지 대단해, 빌리."

내가 외쳤다.

"이거 진짜 끝내주는 물건이군!"

"그렇지?"하고 내 팔꿈치 근처에서 익숙한 목소리가 들려 왔다. 나는 뭔가에 찔리기라도 한 듯 움찔해서 돌아보았다. 그러자 그 유령이 또다시 내 옆에 서 있는 게 아닌가! 놈이 두 번째 '비틀기'를 준비해 온 것이 분명했다. 순간 내 머릿속에는 번쩍 하고 좋은 생각이 스쳤다. 나는 재빨리 배 후미에서 회전하는 송풍기 뒤편으로 풀쩍 뛰어갔다. 그러고는 송풍기가 만들어 내는 강한 바람을 그 원한에 찬 유령 쪽으로 돌렸다. 그러자 유령은 순식간에 부풀어 오른 돛 쪽으로 날려갔다.

"그럼 네놈을 과녁 삼아 한번 발사해 볼까!"

나는 이렇게 소리 높여 외쳤다.

"자, 받아라!"

그는 곧바로 뭐라 되받아치려 했지만 이미 늦었다. 유령이 뭔가 말하려 입을 열 때마다 입안으로 바람이 불어 닥치는 통에 유령의 말은 다시 그의 목구멍 속으로 되삼켜질 뿐이었다. 그는 돛 위에 나뭇잎처럼 납작하게 붙은 채 퍼덕거렸다. 미처 도망갈 힘도 없이 말이다.

"뜨거운 열은 네놈에게 제대로 안 통했지!"

나는 소리를 질렀다.

"하지만 초강력 바람이라면 너한테 딱 어울릴 거다!"

레이크 워스에서 있었던 일은 더 이상 자세히 쓰지 않겠다. 다만, 내가 움푹 파인 돛 위에 그 끔찍한 놈을 엄청난 바람의 힘으로 장장 다섯 시간 동안 붙들어 놓았다는 말이면 충분할 듯하다. 그 유령은 도망치려고 안간힘을 다해 바동거렸지만 결국 바람에서 벗어나지 못했다.

마침내 날이 저물어 윌킨스와 내가 해변으로 돌아갈 때가 되어서야, 그 뜨내기 유령은 풀려났다. 그는 입에 담을 수 없는 욕설을 하며 사라져 버렸다. 그 순간 마침내 놈의 끈질긴 괴롭힘에서 나를 벗어나게 해 줄 묘안이 떠올랐고, 곧바로 이를 실행에 옮기기로 했다.

사흘 후, 뉴욕으로 돌아온 나는 메디슨 스퀘어 부근에 있는 화재에 강한 작은 사무실을 하나 빌렸다. 그리고 사무실 동쪽 끝의 숨은 공간 안에 내가 구할 수 있는 가장 큰 전기 송풍기를 설치해 놓았다. 그 송풍기의 직경은 무려 3미터에 달했고 열여섯 개의 날개가 달려 있었다. 이 대형 송풍기를 작동시키면 엄청난 바람 때문에 그 무엇도 견디지 못할 터였다. 그 바람은 탁자건 의자건, 혹은 거의 1킬로그램에 육박하는 묵직한 유리로 된 잉크스탠드조차 충분히 날려 보낼 정도였다. 또 그 바람에 날려간 물건들은 돌과 철제 구조물로 이루어진 단단한 벽에 부딪혀 박살이 날 터였다.

이 모든 준비를 마친 후에, 나는 유령이 나타나기를 기다렸다.

드디어 유령이 나타났을 때, 나는 그를 위해 특별 제작한 의자에 앉기를 권했다. 의외로 유령은 별다른 의심 없이 차분히 의자에 앉았다. 그 순간 나는 송풍기의 전원을 작동시켰다. 유령은 욕설을 퍼부어 댔지만 이미 때는 늦었다. 송풍기에서 불어 온 엄청난 바람은 굉음을 내며 유령에게 돌진했고, 그는 마치 코르크에 꿰어진 나비처럼 벽에 답삭 붙어 버렸다. 나는 마침내 놈을 내 포로로 만든 것이다! 그리고 그 상황은 지금까지도 이어지고 있다.

나는 3주 동안 밤낮으로 송풍기를 작동시켰고, 놈은 온갖 잔꾀를 부려봤지만 그 강력한 바람의 영향권에서 조금도 벗어나지 못했다. 그리고 앞으로도 그럴 터였다. 나는 그 건물의 대여료와 송풍기를 가동시키는 데 필요한 전기세로 해마다 6백 달러씩 지불하기로 했다. 그렇게 하는 한, 그 유령은 내게서 도망치지 못할 것이다.

이따금씩 그곳에 갈 때마다 나는 그 뜨내기 유령의 꼴을 만족스럽게 바라보곤 한다. 유령의 입술 모양으로 보아하니 내게 저주를 퍼부으려는 것 같았지만, 그 말은 소리가 되어 나오지는 못했다. 윌킨스의 배에 있던 송풍기가 그가 내뱉은 말을 다시 목구멍으로 날려 보냈던 것과 상황이 마찬가지였기 때문이다. 물론 내 송풍기는 그때보다 두 배는 더 강력했기에 그가 쏟아내는 악담은 내 귀에 들려 올 턱이 없었다.

이렇게나 만족스러운 장면을 호기심 많은 독자들에게 공개하여, 내 말이 진실이라는 것을 증명할 수만 있다면 얼마나 좋을까. 하지만 내게 사무실을 대여해 준 건물주가 혹시라도 내가 그런 용도로 쓰고 있다는 걸 알기라도 하면 곧장 사무실을 비우라고 말할까 두려운 마음에 차마 독자들에게 그 장면을 공개할 수는 없다.

물론 그 유령은 언젠가는 그곳에서 탈출할 것이다. 기계는 언젠가는 고장 날 테니 말이다. 하지만 그 기계는 5년간은 고장 없이 작동된다고 하니, 적어도 그 기간 동안 나는 안전하리라. 아마 그때쯤 되면 그 유령도 서로 비긴 셈 치고 깨끗이 물러날지도 모른다. 그렇게만 해준다면 나로서는 더없이 다행인 셈이다.

나는 나와 같은 괴로움을 겪는 이들에게 내 성공 사례가 도움이 되었으면 한다. 내 기지와 창의력이 다른 사람에게 도움이 될 수만 있다면 그것만으로도 충분히 만족을 느끼는 바이다.

GHOSTS
I HAVE MET,
AND SOME
OTHERS

어떤 작가의 크리스마스 이야기

I

＊다음은 헨리 설로라는 작가가 취미 오락 주간지인
〈게으름뱅이(Idler)〉 지의 편집자인 쿠리어에게 보낸 편지다.

쿠리어 씨, 저는 정신이 온전하며 진실한 사람으로 인정받기 위해서는, 자신이 살면서 겪은 기묘한 경험에 대해서 다른 사람들에게 떠들어 대지 않는 편이 낫다는 견해를 한결같이 유지해 왔습니다. 사실 저는 지금껏 살아오면서 온갖 기묘한 경험을 겪었습니다만, 그 경험을 다른 사람들에게 소상히 털어 놓은 적은 거의 없습니다. 설령 저와 가까운 사람일지라도 말입니다.

가장 믿을 만한 친구들이라 할지라도, 그들은 제가 겪은 그 기묘한 경험들이 내 머릿속에서 멋대로 만들어진 상상의 산물이라 생각하거나, 혹은 신경쇠약으로 인한 망상이라고 여길 것이 틀림없기 때문입니다.

저는 제가 겪은 그 기묘한 경험들이 진실이라는 걸 알고 있습니다. 하지만 에디슨을 비롯한 오늘날의 과학자들이 마음의 비밀과 인간의 의식을 낱낱이 밝힐 수 있을 만큼 강력한 도구들을 만들어 내지 않는 한, 저는 그 기묘한 경험들이 거짓이 아니요, 병적 망상의 산물도 아니라는 점을 입증할 방법이 없습니다.

예컨대 지난달의 어느 밤에 제가 겪었던 사실을 있는 그대로 말한다 해도, 누구도 그 사실을 곧이곧대로 믿지 않을 것입니다.

그날 밤, 자정을 넘긴 지 얼마 되지 않은 시간에 저는 담배를 피우지도, 술을 마시지도 않은 말짱한 정신으로 침실로 향하던 중이었습니다. 그런데 달빛이 스며든 창가의 계단에서 모든 면에서 저와 똑같은 모습의 어떤 형체와 마주쳤지 뭡니까! 저는 뼛골까지 스미는 오싹한 기운에 그대로 계단에서 굴러 떨어질 뻔 했습니다.

저와 마주친 '그것'은 이제껏 제가 억압해 왔던 나 자신의 사악한 기운만을 낱낱이 모아 놓은 듯한 모습이었습니다. 그리고 그 모습은 원래의 나 자신과는 완전히 다른, 하나의 독립적인 객체였습니다. 저는 지금까지 살아오면서 늘 부도덕함에 맞서 싸웠다고 자부합니다만, 제가 마주친 그것은 진정한 나 자신과는 달리,

도덕성 따위는 홀가분하게 벗어 던지고 사악함만 남아 있는 존재였습니다.

저는 당시의 그 소름끼치던 기분을 사실 그대로 생생하게 표현할 수는 있습니다. 하지만 그렇게 해봤자 소용없겠지요. 왜냐하면 그 순간의 상황을 아무리 생생하고 현실감 있게 묘사해 본들, 그게 실제로 일어난 일이라고 믿을 사람은 아무도 없을 테니 말입니다.

하지만 이 편지에 적은 내용 그대로의 일이 실제로 일어났고, 그 이후로도 저는 그런 일을 십여 차례나 더 겪었습니다. 그리고 앞으로도 그 일이 반복될 것이라 확신합니다. 저는 제 눈앞에 나타났던 '그것'이 상상의 산물이건 물질적 실체이건 간에, 그 끔찍한 피조물이 두 번 다시 나타나지 않게만 해준다면 제가 가진 모든 걸 내놓을 각오가 되어 있습니다.

그 일이 있고 난 후, 저는 혼자 있는 것이 몹시도 두려워졌습니다. 또 무심결에 거울이나 상점가의 쇼윈도 판유리에 비친 제 자신의 모습을 쳐다보는 것도 꺼려졌습니다. 지금껏 저는 행동과 사상이 올바른 사람이라는 평판을 얻어 왔습니다. 하지만 지금까지 제 마음 깊숙한 곳에 억눌려 있던 사악한 모습이 어느 때건 불쑥 튀어나와, 제 평판을 어지럽힐까 무척이나 두려워진 것입니다.

헨리 설로라는 걸 누구나 인지할 수 있을 정도로 나와 꼭 닮은 모습이지만, 실제 나와는 달리 억제되지 않은 비열하고 사악한 모습만을 지닌 그 존재가 다른 사람들의 눈에 띄기라도 하면 어떻게 될까! 밤이면 밤마다 그 생각이 저를 괴롭히는 통에 저는 쉬이 잠을 이룰 수 없었습니다.

그뿐만이 아닙니다. 저는 그 일 외에도 지난 일 년 반 동안 꿈속에서 나를 괴롭히고 있는 이상한 일에 대해서도 침묵을 지켜왔습니다. 이 글을 쓰는 순간까지도, 저는 지난 일 년 반 동안 제가 겪은 그 반복적이면서도 지극히 논리적인 꿈속에서의 삶에 대해 그 누구에게도 이야기한 적이 없습니다. 제 꿈속에서의 삶은 너무나 생생하고 또 무서우리만큼 진짜 같아서 이따금씩 저는 제가 있는 곳이 꿈속인지 현실인지 의문이 들 정도입니다.

제 꿈속의 삶은 사악한 제 자신이 지배하고 있습니다. 그곳에서의 삶은 수치와 공포로 얼룩져 있습니다. 제가 잠들 때마다 그 삶은 다시금 저를 지배합니다. 그래서 저는 다른 사람이 주위에 있을 때, 행여 잠이라도 들까 눈을 감는 것조차 두렵습니다. 제가 잠결에 내뱉은 잠꼬대 소리를 누군가가 듣기라도 한다면, 제가 꽁꽁 숨겨왔던 이 사악한 비밀을 다른 이에게 들킬지도 모르니까요.

이런 제 사정을 다른 사람에게 말해 봤자 아무 소용도 없을 것입니다. 가족과 친구들이 이런 끔찍한 속사정을 안다면, 저에 대해 불편한 감정만 커질 것이 불을 보듯 뻔하기 때문입니다. 그래서 저는 그 일에 대해서 지금까지 누구에게도 말한 적이 없습니다.

이토록 오랫동안 저를 괴롭히고 있는 문제들을 털어 놓는 것은 편집장님이 처음입니다. 그리고 편집장님께 이 이야기를 털어 놓는 이유는, 제가 지난주에 편집장님께 보낸 크리스마스 이야기와 관련된 그 해괴한 사건에 대해 편집장님께서 제대로 된 설명을 해 보라고 요구하셨기 때문입니다.

편집장님도 아시다시피 저는 명예를 중시하는 사람입니다. 저는 철없는 학생도 아니요, 유치한 장난질을 좋아하는 사람도 아닙니다. 저는 적어도 편집장님께서 저에 대한 친분과 믿음이 있으시다면, 지난 두 번에 걸쳐 저를 그렇게 마구잡이로 비난하실 수는 없으셨으리라 생각합니다.

지난 수요일에 편집장님은 제가 쓸데없는 농지거리를 한다고 비난하셨고, 농담 치고는 지나치게 어처구니없다고 하셨지요. 당시 저는 편집장님의 기세에 눌려 제대로 된 반박조차 하지 못했습니다. 그리고 지난 목요일에 편집장님은 제가 했던 일에 대해 제대로 된 설명을 해보든지, 아니면 〈게으름뱅이〉지와 당장 연을 끊든지 하라며 제게 또다시 비난을 퍼부어 대셨습니다.

허나 제가 그 일에 대해 설명하는 것은 결코 쉬운 일은 아닙니다. 설령 제가 그 일에 대해 소상히 설명 드린다 해도, 편집장님은 터무니없는 거짓말 같은 이야기라 여기실 것이 틀림없기 때문입니다. 하지만 그렇다 해도, 저로서는 그 일에 대해 반드시 설명을 해야겠습니다. 그렇지 않으면 잡지에서 당장 해고를 당할 판이니 말입니다. 제가 해고를 당한다면 저 자신뿐만 아니라, 제가 돌봐야 할 제 아이들에게도 영향을 미치게 될 테니까요.

그리고 제 직장이 사라진다면 그에 따른 모든 물질적 지원도 사라지게 됩니다. 저는 아직 해고를 받아들일 준비가 되어 있지 않습니다. 다른 직장을 찾을 자신감도 부족할뿐더러, 현재 문학계에 인력이 넘쳐 나는 터라, 빠른 시일 내에 제게 맞는 일자리를 찾을 수 있을지도 의문입니다.

그래서 저는 이 글을 통해, 본의 아니게 편집장님을 조롱하게 된 경위를 설명 드리고자 합니다. 이를 위해서는 우선 상황을 처음부터 차근차근 되짚어 봐야겠지요.

지난 8월에 편집장님은 제게 늘 그랬듯이 〈게으름뱅이〉 지의 크리스마스 호에 실을 이야기를 한 편 쓰라고 요청하셨습니다. 그런 일은 으레 제 몫이었고, 편집장님은 이미 크리스마스 호에 제 이야기가 실릴 거라는 광고까지 내놓은 상태셨습니다. 그 일을 맡게 된 저는, 무려 일곱 차례나 어떻게든 이야기를 만들어 보려고 애써 봤습니다만, 좀처럼 잘 되지 않았습니다. 여러 가지 이유들로 도무지 일에 집중을 할 수 없던 탓이었지요.

제가 막상 이야기를 쓰기 시작하면, 곧 그보다 더 괜찮아 보이는 이야기가 떠올랐지요. 그래서 저는 기껏 써놓았던 이야기를 집어 던지고, 다시 새로운 이야기를 써내려가기 시작했습니다. 그러기를 몇 차례나 반복했습니다.

이야기의 소재는 차고 넘쳤지만 그것을 적절히 표현해 내는 것은 제 능력 밖의 일인 것만 같았습니다. 하지만 저는 기어이 이야기 한 편을 끝까지 써냈습니다. 하지만 이야기를 완성한 후 타자기에서 원고를 꺼내어 읽는 순간, 그 글은 아무 의미 없는 혼란스러운 문장들의 집합체 그 이상도 그 이하도 아니라는 걸 깨닫고 적잖이 당황했습니다. 원고를 쓸 때는 몰랐지만, 막상 다시 읽어 보니 의미 없는 헛소리들로 가득 찬 지리멸렬한 글이 되어 있었던 것입니다.

기억하시겠지만, 제가 편집장님을 찾아갔던 것도 바로 그때였습니다. 저는 편집장님께 한 달간 휴가를 달라고 부탁드렸고, 편집장님은 그렇게 하라고 하셨습니다. 그래서 저는 일에서 완전히 손을 떼고 황야로 떠났습니다. 도시에서 전해 오는 소식조차 닿지 못하는 외딴 곳으로 말이지요. 그곳에서 저는 낮에는 낚시와 사냥을 하고, 밤에는 별을 보며 잠이 들었지요. 앞에서 말씀드렸다시피 비록 제 꿈속에서의 삶은 제 의도와는 달리 여러 모로 끔찍하기 짝이 없었지만 말입니다.

어쨌건 저는 휴가 막바지 무렵에는 제법 상쾌한 기분으로 도시로 돌아올 수 있었습니다. 마음 같아서는 어떤 일이건 단숨에 해치울 수 있을 것만 같은 기분이었지요.

돌아온 후, 이삼일 간은 다른 일을 하느라 바빴습니다. 그리고 제가 돌아온 지 나흘째 되던 날, 편집장님께서 저를 찾아와 늦어도 10월 15일까지는 그 이야기를 완성해야 한다고 신신당부하셨지요. 저는 그때까지는 틀림없이 끝낼 수 있을 거라고 말씀드렸습니다.

그리고 그날 밤, 저는 글을 쓰기 시작했습니다. 마음속으로 사건들을 구상하고 잠자리에 들기 전에 총 네 개의 장(章) 중 첫 번째 장의 초반부 원고를 어느 정도 진행해 놓았습니다.

그런데 문득, 신경을 바짝 곤두서게 만드는 싸늘한 기운이 온몸을 감싸는 느낌이 들었습니다. 시계를 보니 시각은 어느덧 자정이 지나 있었습니다. 그토록 초조하고 신경질적인 기분이 드는 건 분명 피로 때문인 듯했습니다. 저는 다음 날 일을 시작하기 쉽도록 원고를 책상 위에 가지런히 정리해 두고, 문단속을 하고 불을 끈 뒤 제 방으로 올라갔습니다.

그리고 바로 그때,

저는 또 다른 저와 처음으로 마주친 것입니다.

제가 가진 사악함을 단 한 올의 낭비도 없이

한계까지 드러낸

또 다른 제 자신을 말입니다.

이 얼마나 끔찍한 상황인지 상상이 가십니까. 과연 그런 상황에서 제가 다음날 멀쩡한 정신으로 책상 앞에 앉아서 〈게으름뱅이〉지에 실을 만한 완성도 있는 글을 써내려 갈 수 있었을까요? 물론 저는 어떻게든 해보려고 안간힘을 썼습니다. 편집장님께서 제게 맡긴 일에 대해 책임을 소홀히 한 것은 아니라는 걸 부디 믿어 주셨으면 합니다.

편집자라면 작가들에게 고충이 닥쳤을 때, 그 문제가 무엇인지 알고 또 이해해야 합니다. 저 역시 편집자로서의 경험이 있기에, 편집장님께 폐를 끼치는 일은 가능하면 하지 않으려 했습니다. 제가 편집장님과의 약속을 지키기 위해 정직하게 노력했다는 사실만은 부디 믿어 주셨으면 합니다.

하지만 제 노력은 끝내 수포로 돌아갔습니다. 또 다른 저와 마주친 후, 일주일 동안은 도저히 일이 손에 잡히지 않았기 때문입니다. 하지만 일주일이 지날 무렵에야 저는 간신히 기운을 차리고 다시 일을 시작했고, 작업은 제법 순조롭게 진행되었습니다. '그것'이 다시 모습을 드러내기 전까지는 말이지요.

그 형체는 저와 완전히 똑같았지만 얼굴은 제 사악한 모습의 결정체였습니다. 그 모습을 다시 한 번 마주하자, 저는 또다시 까마득한 절망 속에 빠져들었습니다.

이러한 상황은 10월 14일까지 계속되었습니다. 바로 그날, 저는 편집장님으로부터 다음날까지 이야기를 완성하라는 최후통첩을 받았습니다. 물론 그게 가능할 리가 없었지요. 하지만 편집장님께 말씀 드릴 게 있습니다. 10월 15일 저녁에 제게 아주 이상한 일이 일어났습니다. 그 사건을 편집장님께서 믿어 주시리라 생각하지는 않지만, 어쨌든 그날 있었던 일 때문에 10월 16일에 저는 본의 아니게 편집장님을 분노케 했고, 결국 이 지경에 이르고 만 것입니다.

10월 15일 저녁 일곱 시 삼십 분에, 저는 서재에 앉아서 어떻게든 글을 써보려고 끙끙대고 있었습니다. 당시 집에는 저 혼자였습니다. 아내와 아이들은 일주일 동안 매사추세츠로 여행을 떠난 참이었습니다. 저는 담배를 태운 후에 펜을 집어 들었습니다. 그런데 그 순간 현관문에서 초인종 소리가 들려왔습니다. 그럴 때면 대개 우리 집 하녀가 달려 나가곤 하는데, 그날은 하녀가 초인종 소리를 듣지 못했는지 손님을 맞으러 가지 않더군요. 그러자 벨이 다시 한 번 울렸고, 이번에도 하녀는 아무 반응이 없었습니다. 마침내 세 번째 초인종 소리가 들리자, 저는 직접 현관문으로 다가갔지요.

문 앞에는 한 남자가 서 있었습니다. 그는 쉰 살 남짓의 키가 크고 늘씬한 남자였습니다. 그 남자는 우울해 보이는 검은색 옷을 입고 있었고, 낯빛은 창백했습니다. 저로서는 생전 처음 보는 남자였습니다. 하지만 그의 분위기에서 호감이 느껴졌고, 저는 그가 어디서 무슨 이유로 저를 찾아왔는지 전혀 알지 못했는데도 본능적으로 그에게 반가움을 느꼈습니다.

"설로 씨가 이곳에 살고 계신가요?"

남자가 물었습니다.

제가 상황을 지나치게 미주알고주알 기록하는 것을 부디 이해해 주셨으면 합니다. 하지만 그날 저녁에 일어난 일을 이토록 자세히 설명하는 이유는 제 이야기의 진실성을 믿어 주길 바라는 마음에서이니 괴롭더라도 부디 양해해 주시기 바랍니다.

"제가 설로입니다."

제가 대답했지요.

"정말 헨리 설로라는 작가분이 맞으신가요?"

그가 놀란 얼굴로 물었습니다.

"그렇습니다."

제가 대답했지요. 저는 남자가 왜 그렇게 놀라워하는지 궁금한 마음에 그에게 물었습니다.

"왜 그러십니까. 제가 작가처럼 보이지 않아서 그렇습니까?"

남자는 웃음을 터뜨리고는 제 실물이 제 책을 읽으면서 자신이 기대했던 얼굴과는 사뭇 다르다는 것을 솔직히 인정했습니다. 저는 남자를 집안으로 청했고, 그는 제 청을 받아들여 집안으로 들어왔습니다. 저는 그를 서재로 안내한 후 자리를 권했습니다. 그리고 저를 찾아온 이유를 물었지요.

그는 수 년 동안 제 글을 즐겨 읽은 독자라고 했습니다. 그 말을 들은 저는 왠지 으쓱한 기분이 들었지요. 남자는 얼마 전부터 저를 만나고 싶었다고 말했습니다. 남자는 자신이 제 이야기를 얼마나 좋아하는지 알려 주기 위해 찾아왔다고 하더군요.

"저는 대단한 독서가랍니다, 설로 씨."

그가 말했지요.

"그리고 저는 당신의 시와 소설들을 아주 만족스럽게 읽었답니다. 털어놓고 말하자면, 당신의 글은 제가 힘든 시기에 큰 위안이 되어 주었지요. 때때로 일에 지치거나 뭔가 곤란한 문제에 처했을 때, 저는 당신의 책을 꺼내 읽으며 마음의 안정을 찾았습니다.

당신의 책을 읽고 있노라면 피곤함이나 곤란한 문제를 잠시나마 잊을 수 있었거든요. 그리고 오늘 저녁 당신을 만나서 그에 대한 고마움을 표현하기 위해 이곳까지 오게 된 것입니다."

그 남자와 저는 여러 작가들과 그 작가들의 작품 전반에 대한 이야기를 나누었습니다. 확실히 그는 오늘날 작가들의 작품에 대해 제법 상당한 지식을 갖추고 있었습니다. 게다가 그의 명쾌한 언변과 제 작품에 대한 가슴 따뜻한 의견 덕분에 그에게 점점 더 호감을 느끼게 되었습니다. 저는 그를 즐겁게 해주려고, 다른 작가들의 자필 서신이나 사진들을 비롯하여 여러 작가들로부터 직접 기증받은 저명한 책들을 보여 주었습니다. 이것들은 제가 소중히 아끼는 보물들이었지요.

그러다 우리의 대화는 자연스럽게 작가들의 작업 방식에 대한 이야기로 흘러가게 되었습니다. 그는 저의 작업 방식에 대해서도 이것저것 질문했지요. 저는 집에서의 제 생활방식과 업무에 대한 소소한 부분까지 이야기했습니다. 그가 제 생활방식에 관심을 보이자, 저는 신이 나서 일과를 멋지고 실감 나게 포장하여 줄줄 읊었습니다. 마침내 제가 이야기를 마쳤을 때, 그는 제 인생이 그에게 아주 이상적인 삶이며, 불행과는 거리가 먼 것 같다고 덧붙였습니다.

그의 말은 대번에 저를 현실로 돌려놓았습니다. '또 다른 나'의 방문으로 인해 자금줄과 직업까지 잃게 될 심술궂은 운명에 처한 제 암울한 현실 말입니다.

"글쎄요."

저는 궁지에 몰린 제 처지를 떠올리며 대답했습니다.

"사실 제가 불행과 거리가 먼 처지라고는 말할 수 없겠군요. 사실은 아주 바람직하지 못한 상황에 꽤나 가깝습니다. 지금 저는 계약을 이행할 수 없게 되어 몹시 곤란한 처지랍니다. 저는 오늘까지 크리스마스 이야기를 완성하기로 했습니다. 출판사에서는 제 원고를 목이 빠져라 기다리고 있는데, 도무지 이야기를 쓸 수가 없게 된 겁니다."

제 고백을 들은 남자는 저의 상황에 대해 꽤나 염려하는 것 같았습니다. 저는 그가 진심으로 염려한다면, 제가 작품에 조금이라도 더 집중해 볼 수 있도록 얼른 이 집을 떠나 주기를 바랐습니다. 하지만 그는 제 기대와는 전혀 다른 행동을 했습니다. 이 집을 떠나는 대신 저를 돕겠다고 나선 것입니다.

"어떤 이야기를 써야 하나요?"

그가 물었습니다.

"평범한 유령 이야깁니다."

제가 말했습니다.

"뭐 크리스마스 분위기에 그럭저럭 어울릴 만한 이야기 말입니다.”

“그렇군요. 그런데 이야깃거리가 다 떨어지기라도 했나요?”

그것은 직접적이고 다소 무례한 질문이긴 했지만, 저는 그 질문에 그렇다고 대답하는 게 최선이라고 생각했습니다. 그에게 진짜 진실을 말할 빌미를 줄 수는 없었으니 말입니다. 오늘 처음 본 낯선 사람에게 사악한 모습의 또 다른 저와 마주친 그 기묘한 경험에 대해 털어 놓을 수는 없는 노릇이지 않습니까? 그리고 설사 제가 진실을 말한다 해도 그가 믿을 리는 만무할 터였습니다. 그래서 저는 진실을 이야기하는 대신, 저를 돕겠다는 그의 제안을 받아들이기로 했습니다.

“그렇습니다. 이야깃거리가 다 떨어져서 말이지요. 저는 지금까지 유령 이야기를 많이 썼지요. 개중에는 심각한 것도 있고 웃긴 이야기도 있었지요. 그런데 이제는 쓸 소재가 바닥나서 막다른 벽을 만난 기분입니다.”

제가 말했지요.

“이제야 알겠군요.”

그가 짤막하게 말했습니다.

“오늘 저녁 당신을 문 앞에서 처음 보았을 때, 저는 그토록 유쾌한 작품을 쓰시는 분이 이렇게 창백하고 음울해 보일 리가 없다고 생각했습니다. 제가 기대했던 모습과는 달랐다는 말이 무례하게 들렸다면 죄송한 일이지만 말입니다."

저는 그 말에 괜찮다는 듯 너그럽게 웃어 보였습니다. 그는 말을 이었지요.

"그런데……."

그는 다소 주저하는 태도로 입을 열었습니다.

"만일 제가 당신께 도움이 될 수만 있다면, 제 방문이 헛되지 않을 텐데요."

그의 말에 저는 다시 웃으며 이렇게 말했지요.

"그렇게 해주신다면 정말 감사하겠습니다."

"하지만 솔직히 당신은 제가 도움이 되지 못하리라 생각하시겠지요?"

그가 불쑥 말했습니다.

"당연히 그러실 테지요. 하지만 꼭 그렇게 생각하실 필요가 있으신가요? 저는 일을 하다 곤란한 상황에 처했을 때, 종종 제 일과는 전혀 관계없는 사람으로부터 새로운 기회를 얻게 된 경험이 많이 있습니다. 저는 그런 사람들에게 영감을 얻어서 문제를 해결한 적이 많이 있거든요. 저는 지금껏 당신이 쓴 작품을 거의 다 읽었고, 마음속으로 여러 번 곱씹어도 보았습니다. 그리고 제 스스로 직접 이야기를 구상해 보기도 했습니다. 개중에는 꽤나 괜찮은 이야기도 있지요. 저는 제게도 당신과 같은 글재주가 있어서 제가 구상한 이야기들을 직접 쓸 수 있다면 좋겠다고 생각했지요."

이 말을 하는 동안 그 노신사의 창백한 얼굴은 점점 화색이 돌기 시작했습니다. 그가 제게 이야깃거리를 제공해 준다는 제안에 대해 사실 저는 그다지 기대하지 않았지만, 그의 말에 귀를 기울일 수밖에 없었습니다. 그의 말이 너무도 달콤하게 귀에 쏙쏙 들어 왔고, 진심으로 저를 돕고자 하는 절절함이 느껴졌기 때문입니다. 그는 삼십 분에 걸쳐 쉬지 않고 이야기를 했습니다. 그가 제시한 이야깃거리 중 그럭저럭 건질 만한 것은 몇 가지 있었지만, 딱히 새롭고 신선한 것은 없었습니다.

그런데 어떤 것은 정말 웃긴 이야기도 있었는데, 덕분에 저는 실컷 웃을 수 있었습니다. 사실 저는 또 다른 저를 만난 끔찍한 일을 생각만 해도 몸서리가 쳐졌기 때문에, 본래의 유쾌한 성향을 깡그리 잊은 게 아닌가 걱정될 만큼 한동안 자연스럽게 웃어 본 적이 없었거든요. 그렇지만 그 남자의 이야기 덕분에 저는 한바탕 제대로 웃을 수 있었습니다. 하지만 그뿐이었습니다.

저는 마침내 그의 집요함에 짜증을 느꼈고, 초조함을 감추지 못한 채 그가 제안한 이야기 중 제가 써먹을 만한 건 없다고 잘라 말했습니다. 대신, 그의 수고와 친절함에는 진심으로 감사를 전했습니다.

제 말에 그는 다소 상처받은 듯 보였지만, 이내 단념했습니다. 그리고 밤 9시 경에, 그는 자리에서 일어났습니다. 그가 현관으로 걸어가는 동안 뭔가 깊은 고민에 빠진 듯 보였습니다. 하지만 현관에서 모자와 지팡이를 집어 들고 코트를 걸친 후에야 마침내 마음을 굳힌 듯 나를 돌아보고는 이렇게 말했습니다.

"설로씨, 저는 당신을 기분 나쁘게 하고 싶지는 않습니다. 대신, 저는 진심으로 당신을 돕고 싶습니다. 말씀드렸다시피, 과거에 당신의 글에서 제가 도움을 받았으니 이번에는 제가 진심으로 당신을 돕고 싶군요."

"당신의 진심은 충분히 이해합니다만……."

제가 이렇게 말을 시작했을 때, 그 남자는 갑자기 제 말을 잘랐습니다.

"잠시만 제 말을 들어 주십시오."

그는 검은 코트의 안주머니를 뒤적거리더니 봉투 하나를 꺼내어 제게 내밀며 말했습니다.

"당신에게 호의를 가진 이의 일시적인 변덕이라고 생각하고 이걸 받아 주십시오. 사실 저는 지난 십 년 동안 아무도 몰래 이야기를 한 편 썼습니다. 비록 짧은 글이지만, 제 딴에는 꽤나 괜찮은 글이라고 자부하고 있습니다. 사실 제가 오늘 밤에 당신을 찾은 이유는 두 가지였습니다. 당신을 직접 만나고 싶기도 했고, 또

제 이야기를 당신께 읽어 드리고 싶어서이기도 했습니다. 제가 이 글을 썼다는 것을 아는 사람은 아무도 없습니다. 친구들을 깜짝 놀라게 해주려고 모두에게 비밀로 했기 때문이지요. 저는 제 글이 어딘가에 출판되기를 간절히 원했고, 그 문제로 조언을 구하기 위해 이곳까지 당신을 찾아온 것입니다. 이 이야기는 제가 지난 십 년 동안 시간 날 때마다 다듬고 또 다듬으며 심혈을 기울여 쓴 글입니다. 앞으로 두 번 다시는 못 쓸 글이죠. 저는 이 이야기를 완성한 것이 매우 자랑스럽습니다. 하지만 만일 …… 이 글이 당신께 어떤 식으로든 도움이 될 수만 있다면, 그것만으로도 충분히 명예로운 일이 될 것입니다. 이 원고는 당신께 드리겠습니다. 그걸 출판하시건 버리시건 상관없습니다. 만일 출판하신다면 저는 그 글이 출판되었다는 사실만으로 충분히 만족할 것입니다. 또 당신이 그 글을 당신의 이름으로 출판한다면 제게는 더없이 영광스런 일일 겁니다. 제가 그걸 썼다는 건 아무도 모르고, 또 누구도 눈치 채지 못할 것입니다. 그리고 제가 당신께 이런 제안을 했다는 것을 누구에게도 알리지 않을 작정입니다. 설사 제가 그 약속을 잊고서 그 작품이 제 것이라고 주장해 봤자, 저를 믿을 사람은 아무도 없을 것입니다. 그러니 부디 받아들여 주십시오. 그 원고는 당신 것입니다. 제게 도움을 준 것에 대한 저의 자그마한 성의라고 생각하고 부디 받아 주십시오.”

그는 제 손에 그 원고를 떠안기고는 제가 미처 대답하기도 전에 서둘러 문을 열고 어둠이 내린 거리 속으로 사라져 버렸습니다. 저는 급히 달려 나가 큰 소리로 그를 불렀지만 소용없었습니다.

저는 그 원고를 손에 쥔 채 집안으로 들어와 서재로 향했습니다. 그리고 서재에 앉아서 그 남자와의 기묘한 대화를 다시금 떠올렸습니다. 그제야 저는 그 남자의 이름도, 주소도 모른다는 사실을 깨달았지요.

저는 혹시 그의 이름과 주소를 알 수 있을까 싶어 그 봉투를 열어보았지만 부질없는 짓이었습니다. 봉투 안에는 깨끗한 필체로 적힌 서른 장 남짓의 원고가 전부였습니다. 원고에는 서명조차 되어 있지 않았습니다.

저는 입가에 반쯤 미소를 띤 채, 고작 시간 낭비일 뿐이라는 듯 가벼운 태도로 그 원고를 읽기 시작했습니다. 하지만 첫 번째 문단을 읽자마자 제 얼굴에서는 웃음기가 사라져 버렸습니다. 그 글은 시간 낭비를 운운할 만한 글이 절대 아니었습니다. 한 마디로 '걸작'이었습니다. 편집장님도 잘 아시겠지만, 저는 뭔가에 그리 쉽게 열광하는 사람이 아닙니다. 저 같은 사람에게 뭔가 감정을 불러일으키기란 그리 쉬운 일이 아니지요.

하지만 그 원고를 읽는 순간 저는 저항할 수 없는 엄청난 힘을 느꼈습니다. 저는 지금까지 호프만(Ernst Hoffmann: 1776-1822, 독일의 시인 · 철학자 ?옮긴이 주)이나 에드거 앨런 포(Edgar Allan Poe: 1809-1849, 미국의 추리 소설가 – 옮긴이 주)의 소설과 드 라모트 푸케(De La Motte Fouque: 1777-1843, 프랑스의 시인이자 소설가 – 옮긴이 주)의 놀라운 로맨스 소설과 잘 알려지지는 않은 비운의 작가인 피츠 제임스 오브라이언(Fitz-James O'Brien: 1828-1862, 19세기 공상과학소설의 시조로, 초기 SF 문학에 지대한 영향을 끼친 소설가이자 시인 – 옮긴이 주)의 소설들을 비롯하여 온갖 언어로 쓰인 기묘한 이야기들을 읽어 왔습니다.

하지만 단언컨대 지금껏 제 인생에서 단지 한 문단, 그것도 단 한 줄만 읽고서 이토록 생생한 묘사와 섬뜩한 착상, 그리고 품위를 고루 갖춘 경이로운 이야기를 본 적이 없었습니다. 그런데 그런 엄청난 원고가 바로 제 손안에 들어온 것입니다.

그 이야기를 처음 읽었을 때는 경이로움을 느꼈습니다. 그리고 두 번째로 읽었을 때는 그 매력에 푹 빠졌습니다. 게다가 그 이야기는 이제 제 것이었습니다. 작가가 그 원고를 마음대로 해도 좋다고 말하며 제게 모든 권한을 넘기지 않았습니까! 절박한 상황에 처한 저를 위해서 작가가 자진해서 원고에 대한 모든 권리를 양보해 주었으니까요.

어디 그뿐입니까. 그는 자신의 작품에 이름을 넣어 준다면 큰 영광이 될 거라고도 했습니다. 그런데 도대체 그렇게 하지 못할 이유가 뭐란 말입니까. 저는 스스로에게 자문해 보았습니다. 그러자 제 선한 자아가 그 제안을 단칼에 거부했습니다.

'다른 사람의 작품을 자기 이름으로 발표한다면 어떻게 스스로에게 떳떳할 수 있겠나?'라고 말이죠. 그래서 저는 더 나은 방향을 선택했습니다. 즉, 제 원고 대신 편집장님께 이 작품을 얻게 된 경위와 함께 이 원고를 보내기로 말이지요.

그런데 바로 그 순간, 또 다른 제가 마룻바닥에서 스르륵 올라와서 제 앞에 모습을 드러냈습니다. 그 모습은 이전보다 한층 더 사악하고 압도적이었습니다. 저는 새된 신음을 내지르며 뒷걸음질 쳐 그대로 의자 위에 털썩 주저앉았습니다. 저는 그 불쾌한 모습을 영원히 지워버리려는 듯, 두 손으로 눈을 가려버렸지만 아무 소용없었습니다. 그 오싹한 형체는 서서히 제게 다가왔습니다. 그러고 나서는 제가 앉아 있는 소파의 가장자리에 걸터앉더니 처음으로 제게 말을 걸었습니다.

"이 멍청한 놈아!"

그가 빽 소리쳤습니다.

"뭘 그렇게 주저하는 거야? 네 처지를 잘 생각해 보라고. 너는 분명 계약을 했으니 그걸 지켜야만 해. 그런데 마감일은 이미 넘겨 버린 데다 정신 상태는 완전히 구제불능인 상황이지. 설사 네가 내일 아침까지 젖 먹던 힘까지 쥐어짜내서, 써야 할 분량을 다

채운다 해도 그건 틀림없이 네가 지난 8월에 썼다가 말아먹은 원고처럼 헛소리만 가득한 글밖에 더 되겠나? 어쩌다 운이 좋아서 그게 출판되기라도 한다면, 대중들은 틀림없이 네가 완전히 돌아버렸다고 생각할 거야. 그렇게 되면 네 명성도 끝이라고. 또 만약 네가 내일까지 그 이야기를 완성하지 못한다면 어쩌겠나? 그렇게 되면 뭐, 〈게으름뱅이〉 지와의 인연도 이제 끝나는 거지. 그 잡지의 편집자들은 이미 크리스마스 특별호에 글이 실릴 거라는 광고를 실었네. 그것도 네 이름과 사진을 똑똑히 넣어서 말이지. 그런데도 편집자와 출판사가 네 실패를 너그러이 눈감아 줄 거라 생각하나?"

"내 과거의 행적을 고려해 보면 그렇게 해줄지도 모르지."

제가 대답했습니다.

"나는 지금까지 그들과의 약속을 어긴 적이 단 한번도 없었어."

"바로 그렇기 때문에 그들은 너를 더 가혹하게 내칠 거야. 너는 지금까지 모든 종류의 문학 작품을 소화해낼 수 있는 몇 안 되는 다재다능한 작가로 인정받았지. 한마디로 주문만 하면 뭐든지 척척 써낼 수 있는 작가였단 말이지. 그렇다고 해서 그들이 널 너그럽게 봐줄 거라고 생각하나? 쳇! 천만의 말씀! 지금까지 네가 재치 있고 쓰임새 많은 작가로 항상 인정받았기 때문에 오히려 그들은 지금 너의 이 흐리멍덩하기 짝이 없는 상황을 이해하지 못할 게 뻔하다고!"

"하지만 이제 어쩌겠나! 내가 할 수 없다면…… 뭐 그걸로 끝인 거지."

제가 말했습니다.

"넌 충분히 할 수 있어. 네 손에 원고가 있지 않나. 그 원고가 네게 어떤 도움이 될지 잘 생각해 보라고. 그 이야기는 세상에 두 번 다시 나올까 말까 한 불후의 명작이라고."

"너도 이걸 읽었단 말인가?"

제가 물었습니다.

"너도 읽지 않았나?"

"그렇지…… 하지만……."

"그게 그거지."

그는 짓궂은 눈빛으로 야멸차게 어깨를 으쓱이며 말했습니다.

"자네와 나는 떼려야 뗄 수 없는 관계라고. 듣던 중 반가운 소식 아닌가?"

그는 온몸의 털이 바짝 곤두설 정도로 듣기 거슬리는 웃음을 터뜨렸습니다. 저는 그 상황에 압도된 나머지 대답조차 하지 못했습니다. 잠시 후, 그가 다시 말을 이었습니다.

"그 이야기는 정말 불후의 명작이지. 너와 나도 이미 인정했다시피 말이야. 그 글을 네 이름으로 출판하라고. 그럼 네 이름은 영원히 사람들의 기억에 남을 거야. 하지만 네가 네 힘으로 쓴 글은 그리 오래 가지 못해. 아마 네가 죽고 십 년만 지나면 사람들은 네 이름 따윈 까맣게 잊어버릴걸. 네 작품은 뭐 그럭저럭 읽어 줄 만한 수준은 되지만, 문학사에 이름을 남기지는 못할 테니 말이야."

이렇게 말하고 그 유령은 또다시 예의 그 거슬리는 웃음소리로 낄낄댔습니다. 저는 그 끔찍한 얼굴을 보기 싫어서 베개로 얼굴을 아예 덮어 버렸습니다.

"참 신기한 일이야."

잠시 후에 그가 말했습니다.

"꽤나 고귀하신 자아를 가졌다고 자부심이 대단하신 주제에 내 눈조차 똑바로 쳐다보지 못하다니 말이야! 다른 사람과 눈을 똑바로 마주치지 못하는 사람은 믿을 수 없는 사람이라더니 그 말이 틀린 모양이군! 하긴 그저 뻔뻔한 게 정직함의 증거라 할 수 없듯이 말이야. 그놈의 '고상함'에 대한 정의라는 건 참 웃기기 짝이 없단 말이지. 그나저나 어쩜. 시간은 째깍째깍 잘도 가고 있는데. 그냥 그 원고를 네 것으로 만들어 버리라고! 작가가 너한테 직접 준 거니 말이야. 게다가 제발 네 이름으로 사용해 달라고 애걸복걸까지 하지 않았나. 그건 네 거야. 그걸로 넌 명성을 얻을 수 있을 뿐만 아니라, 출판사와의 문제도 말끔히 해결해 버릴 수 있다고. 그런데 도대체 뭘 그렇게 주저하는 건가?"

"난 이 원고를 사용하지 않겠어!"

저는 절망적으로 외쳤습니다.

"자식들 생각도 좀 해보라고. 자네가 그 출판사들과 인연이 끊어진다면 어떻게 되겠나?"

"하지만 그건 범죄라고."

"천만에! 자네가 도대체 다른 사람 걸 뺏기라도 했나? 전혀 아니야. 그 남자가 자진해서 자네에게 찾아와 자기 원고를 직접 건네 줬지. 잘 생각해 보라고. 그리고 어서 행동으로 옮기란 말이야! 벌써 자정이 다 되었어."

그 사탄 같은 놈은 벌떡 일어나더니 방의 저쪽 끝으로 뚜벅뚜벅 걸어갔습니다. 그러고 나서는 책장에 꽂힌 책과 그림을 보는 척하더군요. 하지만 저는 그가 저를 긴밀히 살피고 있다는 걸 알고 있었습니다. 그는 제가 몹시 싫어하고 멸시하는 행동을 할 것을 제게 강요하고 있었습니다. 저는 그 유혹에 맞서 미약하게 저항해 봤습니다만, 점점 더 마음이 한쪽으로 기울기 시작하더니 마침내 그 유혹에 무릎을 꿇고 말았습니다. 저는 그대로 책상 앞으로 돌진하여 펜을 집어 들고, 그 원고에 서명을 한 것입니다.

"그래!"

제가 말했습니다.

"결국 해치웠어. 이제 나는 내 입지와 명성을 지킬 수 있게 됐어. 대신 도둑이 되고 말았지만."

"여전히 한심하기 짝이 없군."

그가 차분하게 말했습니다.

"설마 원고를 그 상태 그대로 보낼 작정은 아니겠지?"

"맙소사!"

제가 외쳤습니다.

"삼십 분 동안 내게 그렇게 하라고 계속 꼬드겨 놓고서 지금 무슨 소리를 하는 건가?"

"이것 봐, 제발 정신 좀 차리라고."

놈이 말했습니다.

"만일 그 상태 그대로 쿠리어 씨에게 원고를 보낸다면, 그는 대번에 그 원고를 쓴 건 자네가 아니라는 사실을 알아 챌 거야. 자네의 필체와 완전히 다르니까 말이야. 게다가 그 사람은 네게 글을 대필해 주는 조수가 없는 것도 잘 알고 있어. 그러니 그 원고를 네 손으로 다시 옮겨 쓰라고."

"과연 그렇군!"

제가 대답했습니다.

"거기까지는 미처 생각지 못했네. 네 말대로 하겠어."

그래서 저는 그가 시키는 대로 했습니다. 종이와 펜과 잉크를 가져 와서 세 시간에 걸쳐 부지런히 그 이야기를 다시 옮겨 적은 것입니다. 마침내 일을 모두 마친 후에 저는 천천히 다시 한 번 원고를 읽어 보며 약간의 수정을 한 후, 서명을 하고 봉투 안에 원고를 집어넣었습니다. 그리고 봉투 겉면에 편집장님의 주소를 쓰고 우표를 붙인 후, 밖으로 나가 모퉁이에 있는 우편함으로 갔습니다. 저는 그 우편함의 투입구에 봉투를 던져 넣고는 집으로 돌아왔습니다. 제가 서재로 왔을 때 놈은 여전히 그곳에 있었습니다.

"잘했어."

그가 말했습니다.

"나는 네가 얼른 이 일을 마무리 지었으면 했지. 이제 피곤하니 그만 가야겠어."

"어서 빨리 가주면 고맙겠네."

저는 원래의 원고를 한데 모아 책상 한편에 치우면서 말했습니다.

"그건 안 되겠는걸."

그가 조소하듯 말했습니다.

"나도 어서 가고 싶지만, 네가 그 원고를 없애버리기 전에는 못 가겠어. 그 원고가 존재하는 한, 네가 다른 사람의 작품을 훔친 증거가 남아 있는 셈이니까. 아직도 못 알아듣겠나? 당장 그걸 불

태워 버리라고!"

"그렇게는 못하겠어!"

저는 응수했습니다.

"나는 범죄자가 아니야!"

하지만 저는 곧 그의 충고가 충분히 재고해 볼 가치가 있다는 걸 깨달았습니다. 저는 이글이글 타오르는 벽난로 안으로 원고를 한 장 한 장 던져 넣었습니다. 그리고 그 원고들이 활활 타서 회색빛 재가 되는 장면을 묵묵히 지켜보았습니다. 마침내 마지막 페이지까지 완전히 불 속에 사그라지자 그제야 그 악마 역시 홀연히 사라져 버렸습니다. 홀로 남은 저는 그대로 소파 위로 몸을 던지고 잠들어 버렸습니다.

제가 다시 눈을 뜬 것은 다음 날 정오였습니다. 제가 눈을 뜬지 십 분도 지나지 않아, 편집장님으로부터 전보가 날아들었습니다.

"지금 당장 이곳으로 오게."

전보에는 이렇게 적혀 있었고, 저는 한달음에 출판사로 갔습니다. 그곳에서는 엄청난 결말이 저를 기다리고 있었지요. 그것은 비록 끔찍하긴 했지만, 한편으로는 제 양심의 가책을 덜 수 있어 기쁘기도 한 결말이었지요.

제가 그곳에 도착하자 편집장님은 그 원고가 담긴 봉투를 제게 내미셨죠.

　　"자네가 이걸 보낸 게 맞나?"

　　편집장님은 이렇게 질문하셨죠.

　　"어젯밤…… 아니 오늘 아침 일찍 제가 보낸 게 맞습니다. 새벽 세 시 경에 원고를 부쳤으니까요."

　　제가 대답했습니다.

　　"자네 작품에 대해 설명을 좀 들어 봐야겠네."

　　편집장님이 말씀하셨지요.

　　"어떤 점에 대해서 말입니까?"

　　제가 물었지요.

　　"자네가 말한 소위 '이야기'란 걸 한번 보게나. 이건 도대체 무슨 장난질인가? 장난 치고는 아주 형편없기 짝이 없군."

　　저는 그 봉투를 열고 제가 보낸 원고를 꺼냈습니다. 원고는 총 스물 네 장이었지요.

원고의 모든 페이지는

종이 공장에서 막 찍어낸 것처럼

하얗고 깨끗하게

비어 있었습니다!

이후의 이야기는 편집장님도 모두 아실 겁니다. 저는 뭔가 말을 해보려고 했지만, 당최 입이 떨어지지 않았습니다. 저는 당시 도저히 제 감정을 다스릴 만한 상황이 아니었지요. 저는 제대로 된 설명도 못하고, 그대로 몸을 돌려 미친 듯이 사무실을 빠져 나왔습니다. 편집장님은 그 상황에 대해 제대로 된 설명을 하든지, 아니면 편집국에서 자리를 내놓으라고 하셨지요.

쿠리어 씨, 제 설명은 이게 다입니다. 제가 여기에 쓴 내용은 전적으로 진실입니다. 부디 믿어 주십시오. 편집장님이 믿어 주지 않는다면 제 상황은 아주 끔찍해지겠지요. 편집장님은 아마 제가 편집장님께 보낸 그 이야기의 줄거리를 말해 보라고 요구하실 수도 있겠지요.

하지만 진짜 환장할 일이지만, 그 점에 대해서는 제 머릿속이 텅 비어 버린 것처럼 아무 생각이 나질 않습니다. 그 글의 형식도, 내용도 전혀 기억이 나지 않는 것입니다. 저는 제 설명의 진실성을 조금이나마 입증해 보이기 위해서 아주 작은 부분이라도 떠올려 보려고 끙끙대며 머리를 쥐어짜 보았지만, 이럴 수가! 도저히 떠오르지 않는 겁니다.

제가 만일 정직하지 못한 사람이라면, 제 목적을 위해 이야기 하나를 꾸며낼 수도 있었을 것입니다. 하지만 저는 그렇게 할 정도로 부정직한 사람은 아닙니다. 저는 사실 비열한 행동을 할 뻔했습니다. 아니, 이미 그런 짓을 저질렀지요. 하지만 수수께끼 같은 운명의 조화로, 제 양심은 다시 깨끗해졌습니다.

쿠리어 씨, 부디 이런 저를 불쌍히 여겨 주셨으면 합니다. 설사 그런 마음이 들지 않는다 해도, 이번 한 번만은 제게 관용을 베풀어 주십시오. 이렇게 간청하고 또 간청하니 제발 저를 믿어 주십시오. 부디 빠른 답신을 부탁드립니다.

-헨리 설로로부터

II

*〈게으름뱅이〉 지의 편집장인 조지 쿠리어가 작가 헨리 설로에게 보내는 편지.

자네의 편지는 잘 받았네. 자네가 쓴 글은 제대로 된 해명이라고 보기에는 종이 쪼가리 만큼의 값어치도 없었다네. 하지만 우리는 그 글이 자네가 이제껏 쓴 소설 중 아마도 제일 낫다는 데에는 의견 일치를 보았네. 자네의 글은 크리스마스 특별호에 실릴 걸세. 대가로 100달러짜리 수표를 동봉하네.

그리고 도슨은 자네를 애디론댁 족(Adirondacks: 캐나다의 세인트

로렌스 강 북쪽에 살던 인디언의 일족 - 옮긴이 주)이 있는 곳으로 한 달간 휴가를 보낼 것을 제안했네. 그곳에서 자네의 꿈속에서의 삶에 대한 이야기를 써보면 어떻겠나? 내 생각엔 꽤나 가능성 있는 이야깃거리인 것 같아서 말일세. 비용은 전부 회사가 부담하겠네. 여기에 대해 어떻게 생각하는지 답신 주게나.

— 조지 쿠리어로부터

GHOSTS
I HAVE MET,
AND SOME
OTHERS

댐프메어의 미스터리

도슨은 혼자 있고 싶었다. 그에게는 써야 할 원고들이 산더미처럼 쌓여 있었지만, 뉴욕에서는 친구들이 시도 때도 없이 집으로 들이닥치는 통에 도저히 일을 끝낼 수 없었다. 그래서 도슨은 이른 봄 동안 머물 예정으로 댐프메어에 있는 작은 시골집 한 채를 빌렸다.

그 집은 모든 면에서 도슨에겐 안성맞춤이었다. 댐프메어 마을로부터도 꽤나 떨어져 있었고, 집세도 괴의할 정도로 쌌다. 아마도 도슨이 요청하기만 했다면, 집을 잘 관리한다는 전제 하에 그 집을 99년간 단 한 푼도 내지 않고 빌릴 수도 있었을 것이다.

하지만 도슨은 계약을 맺을 당시에 그 사실을 몰랐다. 사실 도슨이 그 집을 빌릴 때 아무것도 몰랐던 것은 참으로 다행인 일이었다. 만일 도슨이 그 집으로 들어가지 않았다면, 이 이야기는 시작조차 하지 못했을 테니 말이다.

때는 3월 말경이었다. 도슨은 중국인 하인과 자신의 개와 함께 그 집으로 들어갔고, 마음속으로 생각해 놓았던 이야기를 쓰기 시작했다. 이번 작품은 도슨의 인생의 역작이 될 작품이었다. 이 책을 읽은 사람들은 새커리(William Thackeray: 1811-1863, 영국의 소설가. 대표작으로 『허영의 시장』이 있다 - 옮긴이 주)나 그 외 다른 소설가들 따위는 까맣게 잊게 되리라. 어디 그뿐인가, 아마 이 책을 읽은 사람들은 다른 책은 아예 거들떠보지도 않게 될 것이다. 이 책은 과거와 현재 그리고 미래를 아우르며, 시대를 초월한 문학적 가치를 인정받게 될 것이다. 이 책 이전의 작품들은 사람들의 기억 속에서 쓸쓸히 잊힐 테고, 이 책 이후에 나오는 작품들 역시 무용지물이 될 터였다.

첫 3주 동안은 모든 것이 순조로웠다. 도슨의 작품은 스스로도 만족스러울 만큼 차근차근 훌륭하게 진행되고 있었다. 하지만 부활절이 다가올 무렵, 댐프메어의 시골집에 뭔가 기묘한 일이 생긴 듯했다. 그것은 딱히 뭐라고 집어 말할 수도 없고, 눈에 보이거나 만질 수 있는 것은 아니었지만, 이 집에 분명 무언가가 있는 것만은 틀림없었다. 도슨의 머리카락이 쭈뼛 일어선 채 도무지 내려앉지 않았던 것이다.

도슨이 아침에 일어났을 때, 그의 머리카락은 단 한 올도 남김없이 위로 치솟아 있었다. 그는 빗에 물을 흠뻑 적셔 머리카락을 열심히 빗어 내렸지만 상태는 조금도 나아지지 않았다.

불편한 것은 이뿐만이 아니었다. 도슨의 반질반질한 콧수염 역시 상황이 마찬가지였던 것이다. 그의 콧수염은 평소처럼 입술을 따라 멋들어진 곡선을 그리며 늘어지는 대신, 마치 뾰족한 칼처럼 코 양옆에 바짝 붙은 채 하늘을 향해 비쭉 치솟아 있었다.

머리카락과 콧수염에 닥친 이러한 괴이쩍은 재난은 이내 도슨의 마음속에 어두운 그림자를 드리웠다. 그는 이 상황을 제대로 이해할 수는 없었지만, 자신이 통제할 수 없는 싸늘한 공포감이 온몸으로 빠르게 스며드는 기분이었다.

덕분에 도슨의 상황은 예의 없는 뉴욕 친구들이 시끌벅적하게 자신의 집을 들락거리며 그를 방해했을 때보다 훨씬 더 나빠졌다. 그는 인생의 역작을 쓸 의지도, 능력도 완전히 상실해 버린 것이다.

"도대체 내게 무슨 일이 생긴 거지?"

도슨은 위로 치솟은 채 꿈쩍도 하지 않는 머리카락을 빗어 내려 보려고 안간힘을 쓰며 말했다.

"내 머리카락이 왜 이렇게 된 걸까? 그리고 왜 이렇게 오싹한 거지? 나같이 덩치 큰 남자가 매일 밤, 도둑이나 유령, 혹은 내가 모르는 뭔가가 있는지 확인하려고 침대 밑을 살핀다는 게 말이나 될 법한 이야기인가? 또 자정 무렵마다 공포에 질려 벌벌 떨면서 잠에서 깨질 않나, 지금처럼 벌건 대낮에도 이렇게 겁에 질려 있질 않나. 차라리 이런 일 따위에는 신경 쓰지 않고 부엌일이나 하는 청 리(Chung Lee) 녀석이 부러울 지경이군."

이렇게 말하며 도슨은 초조하게 주위를 둘러보았다. 그는 너무나 겁에 질린 나머지, 설령 보이지 않는 적이 그의 등을 단도로 찌른다 할지라도 무서워서 감히 뒤를 돌아보지도 못할 터였다. 도슨은 공포에 사로잡힌 채, 청 리가 저녁 식사를 준비하고 있는 부엌으로 냅다 뛰었다. 청 리는 비록 중국인이긴 하지만, 어쨌건 살아 있는 인간이 아닌가! 도슨은 혼자 있는 것만은 도저히 참을 수 없었다.

"이보게, 청."

도슨은 최대한 사근사근한 목소리로 그를 불렀다.

"뉴욕에 있다가 이곳에서 지내는 것도 제법 유쾌하군. 안 그런가?"

"그래요."

청이 멍한 눈으로 식품 저장실 문을 바라보며 말했다.

"저는 뉴욕 좋아요. 댐프메어는 뭔가 요상해요. 도슨 나리."

"방금 이상하다고 했나, 청?"

도슨은 그제야 청의 기다란 변발(남자의 머리를 뒷부분만 남기고 나머지 부분을 깎아 뒤로 길게 땋아 늘인 머리 – 옮긴이 주)이 정원의 말뚝처럼 위로 쭉 뻗어 천장에 닿을락 말락 하고 있다는 걸 깨닫고 말했다.

"이상하단 말이지?"

"그래요, 이상해요."

청이 부르르 몸을 떨면서 대답했다.

"뭔가 싫어요. 무서워 죽겠어요."

"이런!"

도슨은 짐짓 별일 아니라는 듯 가벼운 말투로 물었다.

"도대체 뭐가 무섭다는 건가?"

"뭔가 있어요."

청이 말했다.

"뭔지 몰라요. 밤에 잠 못 자요. 내 돼지꼬리 머리도 가만히 안 있어요. 밤새도록 심장이 쿵쾅거려요."

'빌어먹을!'

도슨은 생각했다.

'청도 느낀 거로구만!'

"여기 전부 이상해요."

청이 다시 말을 이었다.

"잭도 여기 싫어해요."

잭은 도슨의 개였다.

"잭에게 무슨 일이 생겼나?"

도슨이 물었다.

"설마 잭도 지금 겁을 집어먹었다는 건 아니겠지?"

"잭이 겁먹었는지 잘 모르겠지만 계속 으르렁대요."

청이 대답했다. 이제 도슨은 여기에 있는 것이 편치 않았다. 청의 존재가 자신의 두려움을 없애는데 하등 도움이 되지 않는 게 분명했기 때문이다. 게다가 잭 역시 그 기분 나쁜 '무언가'에게 영향을 받는 것 같다는 청의 말에 도슨은 더욱더 불안해졌다.

도슨은 마당으로 나가서 휘익 휘파람을 불었다. 잠시 후 덩치 큰 개 한 마리가 헉헉거리며 달려왔다. 그는 개의 등을 가볍게 두드렸다. 하지만 잭은 늘 그랬듯 주인의 애정에 대한 표시로 꼬리를 흔들며 반가워하는 대신, 고통스러운 듯 깨갱거렸다. 고통스런 비명을 지른 것은 도슨 역시 마찬가지였다. 도슨은 개를 가볍게 두드렸을 뿐인데도, 마치 수십 개의 뾰족한 바늘에 손이 찔린 듯한 아픔이 느껴졌기 때문이다.

"잭, 도대체 무슨 일이니?"

도슨은 손바닥을 문지르며 물었다.

"내가 널 아프게 했니?"

잭은 꼬리를 흔들어 보이려고 했지만 소용없었다. 다음 순간, 도슨은 자신과 청의 치솟은 머리카락을 목격했을 때와 마찬가지로 다시 한 번 오싹한 기분을 느껴야 했다. 잭의 복슬복슬한 털들이 가시처럼 뾰족하게 일어나 있었기 때문이다. 이 불쌍한 짐승의 코끝에서부터 꼬리까지 어디 할 것 없이 모든 털들이 말이다. 털이 가시처럼 빳빳이 일어나 있었기에, 도슨이 개를 쓰다듬었을 때 그 뾰족한 털에 몸 안쪽의 살이 찔린 탓에 잭이 그토록 끙끙댔던 것이다.

"댐프메어의 공기가 너무 끈끈해서 그런 건가."

도슨은 이렇게 중얼거리며 천천히 집안으로 들어왔다.

"도대체 이게 무슨 해괴한 조화인지 모르겠군."

그런 다음 도슨은 책상 앞에 앉아서 뭔가 써보려고 했다. 하지만 도무지 일에 집중할 수가 없었다. 도슨은 끊임없이 자신이 혼자가 아닌 것 같다는 생각에 사로잡혔다. 서재의 북동쪽 구석에서 한 쌍의 눈동자가 자신을 지켜보고 있는 것만 같았다. 하지만 그가 시선을 느낀 방향으로 초조하게 돌아보자, 이제 그 시선은 남서쪽 구석 방향으로 옮겨가 있는 듯했다.

"쳇!"

도슨은 위를 쳐다보며 발로 마루를 쿵쿵 쳐댔다.

"나 찰스 도슨은 세상에 두려울 게 없는 남자라고! 나는 유령 따위는 믿지 않아. 적어도 지금까지는 그랬다고. 비록 지금은 이 집에 유령이 떠돈다고 생각하지만 말이지. 내 머리카락도 그렇게 느끼는 모양이야. 마치 위쪽이 뎅겅 잘려나간 밀의 밑단마냥 하늘을 향해 빳빳하게 서 있으니. 빗질이라도 먹히면 좋으련만. 이제 어쩔 도리가 없군. 마을에 가서 브론슨 박사를 만나야겠어. 나한테 뭔가 문제가 생긴 건지도 모르니 말이야."

그 길로 도슨은 마을로 갔다.

"브론슨 박사가 날 미쳤다고 생각하면 어떻게 한담. 하지만 내 머리카락이 이렇게 삐죽 서 있으니 내 주장을 입증할 수 있겠지."

도슨은 이렇게 말하며 병원의 초인종을 눌렀다. 그는 즉시 안으로 안내되었다. 도슨은 증상을 설명한 후에 자신의 머리카락을 가리켰다.

하지만 자신의 머리카락으로 상황을 증명하려 했던 것은 도슨의 오판이었다. 왜냐하면 의사가 그의 증상을 살피러 왔을 때, 도슨의 머리카락은 언제 하늘로 치솟아 있었냐는 듯이 원래대로 부드럽게 내려앉아 있었기 때문이다. 의사는 도슨을 잠시 바라보고는 헛기침을 하며 입을 열었다.

"도슨 씨. 당신이 제게 이야기 한 바에 의해, 저는 둘 중 하나의 결론을 내릴 수 있습니다. 댐프메어에 유령이 떠돌아다니는 게 틀림없거나 …… 물론 이건 정신이 제대로 박힌 사람이라면 믿을 수 없는 이야기지만 말입니다. 그게 아니라면, 당신이 제게 당치 않은 장난을 치고 있다는 겁니다. 저는 사실 클럽에서야 농담 따먹기를 하건 말건 상관없지만, 이곳 진료실에서는 그런 농담을 들어줄 시간 따위는 없군요. 솔직하게 말하자면, 나는 그런 짓을 아주 싫어한다오. 그러니 그 문제는 당신이 알아서 해결하시오."

"선생님!"

도슨이 다급하게 말했다.

"저는 어디가 아픈 게 틀림없습니다. 그렇지 않고서야 어떻게 이런 일이 일어날 수 있겠습니까. 저는 제게 분명 뭔가 심각한 문제가 생겼다고 믿고 있습니다. 그렇기에 선생님의 처방전을 받기 위해 이곳까지 온 것입니다."

"도슨 씨, 그 문제는 당신이 알아서 하세요."

의사는 냉랭한 목소리로 말했다.

"하지만 처방전은 써주리다. 지금 당장 댐프메어로 가서 유령을 직접 보면 그때 내게 전보를 치시오. 그러면 내가 그곳에 찾아가겠소."

브론슨 박사는 인사를 하고는 도슨을 밖으로 내몰았다. 이윽고 도슨은 망연자실한 채 거리에 서 있었다. 도슨은 억울하긴 했지만 브론슨 박사를 원망할 수만은 없는 노릇이었다. 자신의 문제를 입증할 유일한 증거물인 머리카락이 결정적인 순간에 내려앉았으니 말이다. 브론슨 박사가 자신을 믿지 못한 것도 어찌 보면 당연하지 않은가. 브론슨 박사는 도슨이 클럽에서 자신을 두고 내기라도 한 것이 틀림없다고 생각했던 모양이었다.

"그의 충고가 옳을지도 몰라."

그는 길을 걸으며 중얼거렸다.

"지금 당장 집으로 가야겠어. 하지만 빌리 퍼킨스를 데려가야지. 그에게 며칠간 내 집에서 머물다 가라고 청해 봐야겠어."

다행히도 퍼킨스는 도슨의 제안을 받아들였고, 그날 밤 둘은 저녁 식사를 함께했다. 겉보기에는 아무 문제도 없었다. 퍼킨스는 저녁 식사를 날라 온 청에게 꽤나 흥미를 보였다.

"변발을 꽤나 높이 치켜세웠구먼."

퍼킨스는 청의 괴이쩍은 머리 모양을 보며 말했다.

"그렇지."

도슨이 짧게 말했다.

"하지만 자네 머리카락도 마찬가지야."

도슨은 퍼킨스의 머리카락 역시 자신과 마찬가지로 위로 치솟아 있는 모양새가 우습기도 하고 놀랍기도 해서 덧붙였다.

"말도 안 되는 소리 하지 말게."

퍼킨스가 말했다.

"내 머리카락은 신문지처럼 납작하게 내 머리통에 붙어 있다고."

"거울이나 좀 보고 이야기하지 그래?"

도슨이 말했다.

퍼킨스는 그 말대로 했다. 확실히 의심의 여지가 없었다. 퍼킨스의 머리카락 역시 위로 쭈뼛 치켜 올라가 있었으니 말이다. 퍼킨스는 몹시 심기 불편한 얼굴로 다시 자리에 앉았다.

"도슨!"

그가 외쳤다.

"도대체 이게 무슨 일인가? 자네 집에 들어온 이후로 계속 이상한 기분이 드니 말일세. 게다가 나는 저녁 내내 어째서 자네의 콧수염이 해적 두목처럼 위로 꼬부라져 있는지도 궁금해 하던 참이었네."

"왜 그런지 나도 설명은 못 하겠네. 그냥 시종 오싹한 기분이 드니 말일세."

도슨은 이렇게 대답하고는 자초지종을 이야기했다.

"뉴…… 뉴욕으로 돌아가는 게 좋겠어."

퍼킨스가 말했다.

"그건 안 돼. 기차가 없어."

도슨이 대답했다.

"그러면 잠이나 자러 가세."

퍼킨스가 부들부들 떨면서 말했다.

둘은 각자 침실로 돌아갔다. 도슨은 응접실 바로 맞은편의 방으로, 퍼킨스는 뒤쪽 방으로 향했다. 손님을 배려해서 도슨은 불을 켜 놓은 채 방으로 갔고, 이내 잠이 들었다.

한 시간 후에 도슨은 흠칫하며 잠에서 깼다. 두 가지가 그의 마음을 무겁게 짓눌렀기 때문이다. 하나는 불이 꺼져 있었기 때문이요, 다른 하나는 퍼킨스의 끙끙대는 신음소리 때문이었다.

도슨은 재빨리 침대에서 빠져나와 옆방으로 달려갔다.

"퍼킨스, 자네 어디가 안 좋은가?"

도슨이 고함치듯 말했다.

"도슨, 자네인가?"

어둠 속에서 목소리가 들려왔다.

"그렇다네. 자네가 불을 껐나?"

"아닐세."

"어디가 아픈가?"

"그건 아니지만 무지막지하게 불편할 뿐이야. 도대체 이 매트리스 안에 뭐가 들어 있는 건가? 마치 바늘이라도 들어 있는 것처럼 불편 하다네."

"바늘이라니? 그건 모직 매트리스라네. 뭔가 문제라도 있나?"

"그렇다네. 이건 마치 고슴도치 위에서 자는 기분이야. 도대체 뭐 가 문제인지 확인해 볼 테니 불을 좀 켜주겠나?"

도슨은 어째서 불이 꺼진 것인지 의아해 하며 가스 불을 켰다. 누 구도 불을 끄지 않았는데도 스위치가 내려져 있었던 것이다. 하지 만 이상한 상황은 거기서 끝이 아니었다. 퍼킨스가 누워 있던 매트 리스를 찢어서 열어 본 순간, 가장 우려했던 일이 모습을 드러냈던 것이다.

매 트 리 스   안 을   채 운   털 들 이

모 두   뾰 족 하 게

일 어 서   있 었 던   것 이 다 !

그로부터 삼십 분 후, 네 개의 형체가 어둠을 뚫고 북쪽으로 향했
다. 그 형체는 두 남자와 커다란 개 한 마리, 그리고 중국인 한 명이
었다. 이들은 말할 것도 없이 도슨과 그의 친구, 그리고 하인과 개
였다.

댐프메어는 구제불능이었다. 다음날 아침까지는 기차도 없었다.
하지만 이들은 단 일 분도, 일 초도 댐프메어에서 머무르고 싶지 않
았기에 그저 쉬지 않고 걸을 수밖에 없었던 것이다.

"도대체 그게 뭐였던 것 같나?"

그 집에서 약 3마일쯤 멀어졌을 때, 퍼킨스가 입을 열었다.

"나도 잘 모르겠네."

도슨이 대답했다.

"그게 뭐든 간에 정말 끔찍한 것임에 틀림없어. 나는 살아 있는 생
명체의 머리카락을 바짝 세우게 만드는 유령이라면 그럭저럭 참아
줄 수는 있겠네만, 매트리스에게까지 그런 무시무시한 영향력을 행
사하는 미지의 존재라면 상황이 다르다네. 그런 끔찍한 존재에게 대
항할 마음은 조금도 없네. 나는 미스터리를 좋아하긴 하지만, 감히

댐프메어에서와 같은 상황을 해결해 보겠다고 나서진 않겠어."

"부디 그 끔찍한 매트리스에 대한 이야기는 누구에게도 하지 말게, 찰리."

퍼킨스가 잠시 사이를 두고 신음하듯 간신히 말했다.

"아무도 믿지 않을 테니 말이야."

"절대 누구에게도 말하지 않을 거야. 나 같아도 믿지 못할 테니."

도슨이 재빨리 대답했다.

두 사람은 모두 여기에 동의했다. 덕분에 댐프메어에서 있었던 일은 결코 풀리지 않은 미스터리로 남아 있다.

독자들 중 여기에 대한 해답을 제시해 줄 수 있는 이가 있다면, 부디 이 미스터리를 풀어 주기 바란다. 나는 이 사건에 꽤 흥미가 있고, 게다가 이야기를 이런 애매한 상태로 끝맺는 것도 못내 꺼림칙하기 때문이다. 아무 해결책이 없는 유령 이야기는 지붕 없는 집처럼 쓸모없고 허탈한 기분만 안겨 줄 뿐이니 말이다.

GHOSTS
I HAVE MET,
AND SOME
OTHERS

칼턴 바커의 비밀

I

칼턴 바커와의 첫 만남은 몹시도 이상야릇한 경험이었다. 나는 친구 파튼과 8월 경, 영국 레이크 디스트릭트(The Lake District: 맨체스터에서 북서쪽으로 약 1백 킬로미터 떨어진 윈더미어를 둘러쌓고 있는 영국 북서부의 아름다운 호수 지방 - 옮긴이 주)의 스키도 산 부근을 도보로 여행 중이었다. 그런데 저만치 앞에서 한 남자가 비틀거리며 걸어가고 있었다. 우리는 그 남자가 처한 상황이 궁금하기도 하고 한편으로는 당혹스럽기도 했다.

파튼과 나는 그 남자가 몹시 고통스러워하고 있다는 걸 눈치 채고 걸음을 빨리하여 그에게 다가갔다. 우리가 그 남자에게 다가갔을 때, 그는 실신한 채 땅에 엎어져 있었다. 그는 발목이 부러진 데다

오른쪽 팔에는 날카로운 칼에 깊게 베인 상처가 있었다. 그리고 벌어진 상처에서는 여전히 상당한 양의 피가 흐르고 있었다.

우리는 우선 철철 흘러내리는 피를 지혈했다. 최근에 의대를 졸업한 파튼은 여행 중 생길 수 있는 위험에 대비해서 늘 자신의 배낭 안에 넣고 다니는 의료 도구들을 꺼내어 약을 바르고, 그의 접질린 다리를 붕대로 동여맸다.

남자는 이내 정신을 차렸지만, 우리가 자신에게 베풀어 준 도움의 손길에 대해서는 털끝만치의 고마움도 내비치지 않았다. 그는 그저 착한 사마리아인이 베푼 선물인 양 우리의 호의를 지극히 당연한 듯 받아들였다. 그러고 나서는 감사의 표시로 작은 물통 하나와, 시곗줄에 고정 고리 대용으로 매달려 있던 가운데가 뚫린 기묘한 다이아몬드 모양의 돌 하나를 우리에게 건넸다.

작은 물통은 파튼의 몫으로, 그리고 그 기묘한 모양의 돌은 내 몫으로 떨어졌다. 그 돌은 빛깔이 카멜레온처럼 시시때때로 변했기에, 색을 특정할 수 없었다. 우리의 '대단하신 환자분'께서 내 손바닥에 그 돌을 올려놓았을 때만 해도 그 돌은 피처럼 새빨간 빛을 띠고 있었다. 하지만 다음 날 아침에 내가 다시 그 돌을 보았을 때는 뭔가 형용하기 어려운 납빛으로 변해 있었지만, 대신 오팔처럼 매끈매끈한 광택이 돌았다. 그리고 오늘 다시 그 돌을 보니, 그것은 한때 그 돌이 갖고 있던 활기와 생명력을 영원히 잃어버린 것처럼 빛바래고

시들어져 보인다.

"아무래도 무슨 사고를 당하신 것 같군요."

다친 남자가 어느 정도 말을 할 수 있을 만큼 기운을 되찾자, 파튼이 그에게 물었다.

"그렇소."

남자는 고통으로 몸을 움찔거리며 말했다.

"사고가 있었지요. 사실 나는 오늘 아침에 산등성이를 향해 출발했소이다. 스케일스 타른(Scales Tarn: 블랜캐스트 산 위의 아름다운 호숫가 – 옮긴이 주)까지 올라가서, 반짝이는 호수의 일렁임이 마치 한낮의 별들처럼 빛나는 멋진 장관을 볼 작정이었지요."

"그곳에서 불멸의 물고기라도 낚으실 작정이었소?"

내가 물었다.

"그건 아니라오."

그가 웃음을 터뜨리며 대답했다.

"나는 그저 대낮의 호수 위에 총총 떠 있는 그 아름다운 별빛을 보는 것만으로도 충분히 만족했을 것이오. 그리고 결국 대낮에 눈앞에서 번쩍이는 별을 보았다오. 비록 내가 보려고 했던 별은 그게 아니었지만 말이오. 나는 사실 다소 안전에 부주의한 편인데 이번에도 그랬소. 희뿌연 안개가 자욱한 산길을 발 가는 대로 걷다가 그만 이끼로 덮인 돌에 걸려 넘어졌지 뭐요. 나는 아름다운 자연 경관 속으로 데굴데굴 굴러 떨어졌소. 게다가 하필이면 이끼가 없는 돌 위로 떨어졌지 뭐요."

"하지만 팔의 상처는 어쩌다 생긴 겁니까?"

파튼이 의심스럽다는 듯이 물었다.

"그 상처는 돌에 떨어져서 생긴 게 아니라, 누군가에게 찔린 듯한 흔적인데요."

그 말에, 이방인의 얼굴은 방금 전까지 꽤나 많은 피를 흘렸던 사실을 감안하더라도, 제법 시뻘겋게 달아올랐다. 그는 순간적으로 극악무도한 눈빛을 내비쳤고, 일순 그가 보인 악마 같은 눈빛에 나는 온몸의 피가 거꾸로 솟는 듯했다. 잠시 동안 그는 말이 없었다. 잠시 후, 그는 어색한 침묵을 메우려는 듯 고통에 찬 신음을 내지르고는 말을 이었다.

"아, 그건 말이오! 그렇소. 그건…… 나 혼자서 그런 거요."

"그게 어떻게 가능합니까?"

파튼이 완고하게 물고 늘어졌다.

"당신 혼자서는 그 부위에 상처를 내기 힘들어 보이는데 말입니다."

"그건 내가 칼 위에 쓰러졌기 때문이오. 미끄러지기 전에 나는 나뭇가지를 자르려고 오른손에 칼을 꽉 쥐고 있었소. 그런데 내가 미끄러지면서 손에 쥐고 있던 칼을 놓쳤고, 내 몸이 그 칼 위로 떨어져 내린 것이오. 다행히 칼끝에 조금 비켜서 넘어진 탓에 이 정도로 끝났지만 말이오."

그가 대답했다. 비록 말투는 다소 확신이 부족해 보이긴 했지만, 그가 설명하는 내용은 꽤나 단순 명확해서 달리 의심할 만한 여지는 없었다.

"그 칼은 찾아 오셨소?"

파튼이 다시 물었다.

"칼이 꽤나 날카로웠을 텐데요. 그리고 상처를 보아하니 우리 같은 여행객이 갖고 다니기에는 제법 큰 칼이었겠군요."

"지금 날 취조하는 거요?"

그는 다소 성마른 목소리로 말했다.

"별것도 아닌 일로 이렇게 따져 묻는 이유를 도저히 모르겠소. 내가 범죄라도 저질렀단 말이오?"

"이 친구는 의사입니다. 그래서 당신이 다치게 된 경위를 알려는 것뿐입니다."

나는 일단 중재에 나섰다. 비록 나 역시 파튼과 마찬가지로 이 남자가 처한 상황이 꽤나 의심스러웠지만 말이다. 나는 파튼이 그 남자를 대하는 태도가 평소 자신의 환자를 대할 때와는 확연히 다르다는 걸 눈치 챘다. 파튼은 이 남자에 대해서 상당한 의심을 품고 있었으며, 그의 고통에 일말의 동정을 느끼지도 않았던 것이다.

"이 친구 말이 맞소. 당신을 추궁하려는 게 아니오."

파튼이 말했다.

"나는 그저 당신이 어쩌다 다쳤는지 알고 싶었을 뿐이오. 공격하려는 의도는 없었소. 내가 했던 말에 기분이 상했다면 사과하겠소."

"천만의 말씀이오, 의사 양반."

그는 억지로 입가를 올려 미소를 띤 채 대답하고는 왼손을 파튼에게 내밀었다.

"보시다시피 나는 지금 대단히 고통스러운 상황이라서, 본의 아니게 흥분한 것 같소. 게다가 나는 별로 상냥한 성격이 못 되서 말이오. 솔직히 그 칼에 대해서는 두 번 다시 떠올리기도 싫소. 어차피 찾으려고 해봤자 찾지도 못했을 거요. 틀림없이 저 멀리 덤불 속으로 떨어졌을 테니 말이오. 그냥 잃어버린 셈 치겠소. 오늘 그 칼에 당한 걸 생각하면 조금도 아깝지 않으니 말이오."

그는 농담조로 말하며 몸을 일으키려고 했지만 다친 발 때문에 쉽지 않았다. 결국 파튼과 나는 숙박 시설이 있는 케직(Keswick: 잉글랜드 북서부 레이크 디스트릭트에 있는 관광 도시 – 옮긴이 주)까지 그를 부축해 갔다.

그 이방인은 나와 파튼 바로 앞에서 체크인을 했다. 그는 숙박 명부에 '칼턴 바커, 캘커타'라고 적고는 곧장 자기 방으로 들어가 버렸다. 그날 밤 우리는 더 이상 그의 모습을 볼 수 없었다.

저녁 식사를 마친 후에 파튼과 나는 그를 찾아보았지만 그의 모습은 어디에도 보이지 않았다. 우리는 그가 회복하기 위해 방에서 푹 쉬고 있을 거라는 결론을 내렸다. 우리도 다소 피곤했지만, 담배를 태우며 사람들이 거의 잠든 마을의 밤거리를 조용히 거닐었다. 파튼과 나는 낮에 있었던 일에 대해 두런두런 이야기를 나누었다. 우리의 대화 주제는 역시나 그 낯선 이방인에 관한 것이었다.

"난 그 친구가 정말이지 마음에 안 드네."

파튼이 의심스럽다는 듯 머리를 휘저으며 말했다.

"내일 아침에 스키도 산 부근에서 시체가 나타난다면, 단연 저 칼턴 바커라는 놈의 짓이라는 데 내 모든 걸 걸겠어. 그는 뭔가 숨기는 게 있는 듯이 행동했단 말일세. 마음 같아서는 놈이 준 그 낡아 빠진 물통을 냅다 던져 버리고 싶었다네. 사실 나는 그가 준 물통에 오늘 저녁 식사에 나온 그 고약한 맛의 포도주를 채워서 호수에 던져버릴 참이었네. 우리에게 그따위 물건을 주다니 정말 모욕적이었어."

"파튼, 그건 좀 심한 말 같네."

내가 말했다.

"확실히 그는 다른 사람과 한바탕 싸움질을 하고 온 모양새긴 했네. 얼굴에 긁힌 자국이 있고, 팔에는 칼에 베인 듯한 미심쩍은 상처까지 있었으니 말일세. 하지만 그의 해명도 나름 일리가 있다고 생각하네. 헌데 자네의 태도가 지나쳤네. 내가 만일 사고를 당해서 낯선 사람에게 도움을 받았는데, 나를 구해 준 사람이 마치 범죄자 다루듯 대한다면 나 역시도 몹시 화가 났을 거야. 그리고 자네는 그가 우리에게 건넨 물건들에 대해 모욕을 느꼈다고 했지만, 내가 보기에는 그런 보잘것없는 물건이라도 우리에게 건네는 게 그로서는 유일한 위안이었으리라 보네. 그는 아마 자신을 의심하는 사람에게서 도움을 받았다는 사실에 화가 나고 마음도 편치 않았을 거야. 또 우리에게 이런 물건을 건넨 건 사례로 돈 같은 물질적인 답례를 하고 싶지 않아서였던 것 같네."

"그를 범죄자라고 단정 짓는 건 아니네. 하지만 장담컨대 그의 범죄 기록이 한낮의 빛처럼 깨끗하지는 않을 걸세. 만일 사람들이 살아온 행실이 그 사람의 이마에 고스란히 드러난다면, 저 칼턴 바커라는 놈은 틀림없이 모자를 깊숙이 눌러 쓰고 다닐 놈이야. 나는 그가 싫네. 본능적으로 아주 진저리쳐지게 싫다고. 내가 칼에 대해서 언급했을 때 놈의 표정을 자네도 봤지?"

"그래, 나도 봤어. 정말 몸서리가 쳐지더군."

내가 대답했다.

"정말이지, 온몸의 피가 얼어버리는 것 같았어."

파튼이 말했다.

"뭐랄까. 마치 그때 그 칼이 손 닿는 곳에 있었다면, 놈은 칼날이 뼛속 깊이 박히건 말건 상관 않고 미친 듯이 그 칼을 발로 짓이겨

가루로 만들어 버릴 것 같은 섬뜩한 분위기가 느껴졌어. 당시 놈의 눈빛은 순수한 악마 그 자체였다고. 그 끔찍한 눈빛을 다시 마주하느니 차라리 방울뱀과 마주치는 게 낫겠어."

파튼이 그토록 열변을 토하자 나는 입을 다물 수밖에 없었다. 파튼처럼 사사로운 감정에 얽매이지 않고, 냉정하며 판단력이 탁월한 사람이라면, 충분히 바커에게 트집거리를 찾아낼 수 있으리라는 걸 이해할 수는 있었다. 하지만 바커에 대한 그의 극단적인 견해에는 좀처럼 공감할 수 없었다.

나는 바커보다 훨씬 더 전형적인 악인 같은 외모를 지녔으면서도 실제로는 흠 잡을 데 없는 삶을 살아가는 사람들을 많이 알고 있다. 이들은 흉악해 보이는 외모와는 달리, 다른 사람들을 위해 기꺼이 자신을 희생하는 행동을 보이곤 했다. 반면, 겉보기에는 천사 같은 외모를 지녔지만 본성은 비열하기 짝이 없는 이들도 많이 보았다.

그래서 나로서는 이끼가 덮인 바위에 걸려 넘어진데다 난데없이 자신의 칼에 베이기까지 한 그 운 없는 칼턴 바커라는 친구가 비록 관상학적으로는 악인처럼 보인다 할지라도, 도덕적 측면에서 반드시 구제불능의 악마는 아닐 가능성이 충분하다고 생각했다.

게다가 파튼이 칼에 대해 언급했을 때, 그가 악의를 드러낸 순간을 제외하면 그에게서 딱히 흠잡을 만한 구석은 없지 않은가! 내가 만일 바커와 같은 상황에 처해 있었다면 나 역시 그와 대단히 다르게 행동했을 것 같지는 않다. 비록 내가 바커처럼 눈빛만으로 다른 사람의 피를 거꾸로 솟아오르게 만들 능력이 있다면, 다른 사람 앞에 있을 때나 거울 앞에서는 반드시 짙은 색안경을 착용해야겠다고 느끼긴 했지만 말이다.

"그에게 안부 카드를 전해야겠어, 잭."

우리가 호텔로 돌아오자마자 내가 말했다.

"상태가 좀 어떤지 물어볼 작정이야. 자네도 그렇게 하겠나?"

"턱도 없는 소리!"

파튼이 잘라 말했다.

"하지만 자네에게 내 생각을 강요할 순 없으니, 자네가 원하는 대로 하게. 그가 자네 마음에 들었다면, 굳이 내 말에 신경 쓸 것 없어."

"나도 그가 마음에 들어서 이러는 건 아닐세. 유난히 신경 쓰는 게 아니라, 그저 예의상 우리가 그의 상태에 조금이나마 신경 쓰고 있다는 걸 알리기 위해서지."

"그러면 자네는 신사답게 관심을 보여 주게나. 나까지 같이 엮지만 않는다면 난 신경 쓰지 않겠네."

파튼이 말했다.

나는 호텔의 급사 소년에게 안부 카드를 전해 달라고 부탁했다. 하지만 소년은 곧 다시 돌아와서 그 방의 문은 잠겨 있었으며 문을 두드려도 대답이 없는 걸 보아하니, 바커 씨는 이미 잠이 든 것 같다고 전했다.

"저녁 식사를 가져다 줄 때, 그는 괜찮아 보였나?"

내가 물었다.

"그분은 저녁 식사는 안 드시겠다고 하셨어요. 그냥 혼자 있고 싶다고 하셨지요."

급사가 대답했다.

"자기 칼에 당한 일 때문에 아직도 단단히 뿔이 난 모양이로군."

나는 파튼에게 조롱조로 말했다. 잠시 후, 파튼과 나는 방으로 돌아가서 잠자리에 들 준비를 했다.

그런데 내가 잠이 든 지 한 시간도 채 되지 않았을 때였다. 나는 술 취한 호랑이처럼 방 안을 비틀거리며 서성대는 파튼의 기척에 잠이 깼다. 파튼의 눈동자는 이글이글 불타고 있었고, 심하게 격앙된 상태였다.

"무슨 일인가, 잭?"

나는 침대에서 일어나 앉으며 물었다.

"그 빌어먹을 바커 놈이 내 신경을 건드리고 있어."

파튼이 대답했다.

"도무지 그놈 생각이 머리에서 떠나질 않아."

"거참 쓸데없는 생각이군. 그냥 신경 꺼버리게나."

내가 말했다.

"쓸데없다고? 신경 끄라고?"

파튼이 사납게 소리쳤다.

"젠장! 나도 제발 그러고 싶군. 그런데 그게 되질 않아."

"도대체 뭐가 그렇게 거슬리는 건가?"

"말이 안 돼."

파튼은 별안간 소리를 꽥 질렀다.

"도대체 말이 안 된다고. 놈이 저 창문으로 날 쳐다보고 있었어. 놈은 악마 그 자체야."

"자네 제정신인가? 그가 창문으로 자네를 쳐다볼 수 있을 리가 없지 않나. 우리 방은 4층이라고. 그가 창문에 접근하는 것도, 창문으로 자네를 보는 것도 당연히 불가능한 일이야."

나는 파튼의 말에 반박했다.

"나도 알아. 그렇지만."

파튼이 집요하게 말을 이었다.

"칼턴 바커 그놈이 자네가 깨기 전에 십 분 동안 분명 저 창문으로 날 뚫어져라 쳐다보고 있었어. 오늘 우리를 치 떨리게 했던 것과 똑같이 악의에 찬 눈빛으로 말이야, 밥."

파튼은 초조한 발걸음을 멈추고, 나를 향해 손가락을 흔들며 말했다.

"그리고 자네가 나처럼 그에 대해 두려움을 가질까봐 차마 이야기하지 않은 게 하나 더 있네. 놈의 팔에서 나온 피 말이야. 그 피는 놈의 셔츠 소매와 그의 옷을 흠뻑 적시고 있었고, 내가 지혈하는 동안 그 피는 분명 내 셔츠 소맷자락과 코트에도 뿜어져 나왔다고!"

"그래, 나도 기억하네."

내가 대답했다.

"그런데 여기 내 소맷자락을 보게!"

파튼이 하얗게 질린 얼굴로 속삭였다.

나는 그의 소맷자락을 보았다.

그 것 은 얼 룩 한 점 없 이 깨 끗 했 다 !

확실히 칼턴 바커에게는 소름 끼치는 무언가가 있는 것이 틀림없었다.

Ⅱ

칼턴 바커에 대한 수수께끼는 다음날 아침에도 여전히 오리무중이었다. 그의 방은 누구도 머문 적이 없었던 것처럼 깨끗이 비워져 있었다. 뿐만 아니라, 칼턴 바커는 마치 이 세상에 존재한 적도 없었던 사람처럼 아무 자취도 남기지 않고 홀연히 사라져 버린 채였다.

"놈이 사라져서 다행이야."

파튼이 말했다.

"조만간 놈과 내가 한판 붙게 될까봐 노심초사하던 중이었거든. 놈을 떠올리기만 해도 그 자리에서 당장 때려눕히고 싶은 생각이 불끈불끈 솟아오른단 말씀이야. 놈의 정체가 뭐건 간에 당해도 싼 녀석이란 건 틀림없어."

나 역시 그가 우리 눈앞에서 사라져 준 것은 더없이 반가웠다. 하지만 그 이유는 파튼과는 조금 달랐다. 분명히 피에 젖어 있어야 마땅한 소맷자락에 얼룩 하나 남지 않은 걸 내 두 눈으로 똑똑히 보고 난 후에, 나는 그의 이름만 들어도 온몸에 소름이 돋았기 때문이다. 몸속에 정체를 알 수 없는 이상한 액체가 흐르는 생명체라니, 도무지 설명할 수 없는 섬뜩한 기분이었다. 바커의 피에 얽힌 수수께끼가 너무도 불쾌했기에, 나는 그 자가 그렇게 홀연히 사라진 이유에 대해 더 이상 캐고 싶지도 않았다. 여기에 대해서는 파튼도 정확히 나와 견해를 같이 했기에, 우리는 그에 대한 주제를 일절 입에 올리지 않았다.

우리는 그 주 동안, 케직을 본부 삼아 머무르면서 주변 지역을 여행했다. 케직은 도보 여행을 좋아하는 사람에게는 안성맞춤인 곳이었다. 그리고 일요일 저녁에 우리는 여행용 반바지를 벗어 던지고, 도시 생활에 걸맞은 평상복으로 갈아입고는 그곳을 떠날 준비를 했다. 월요일 아침에 에든버러로 가서 며칠간 한가로이 지내다가, 트로서크스(Trossachs: 영국 스코틀랜드 중부의 카트린 호수 부근의 계곡 – 옮긴이 주)를 통과하는 짧은 여행을 할 예정이었다.

그런데 우리가 여행 가방을 싸고 있을 때, 날카롭게 방문을 두드리는 소리가 들렸다. 내가 방문을 열었을 때 바닥에서 내 이름이 적힌 봉투 하나를 발견했다. 복도에는 사람의 그림자 하나 보이지 않았다. 분명 문 두드리는 소리를 듣자마자 곧바로 문을 열었는데, 그 누구의 모습도 보이지 않는다는 사실에 나는 몹시 당혹스러웠다. 아무리 발이 빠른 사람이라 해도 그토록 짧은 시간에 모습을 감출 수는 없을 터였다.

"무슨 일인가?"

다소 동요한 내 모습을 보고 파튼이 물었다.

"아무것도 아닐세."

나는 내 신경을 긁어대는 그 문제에 대해 파튼이 눈치를 채지 못하도록 애써 웃으며 말했다.

"아무것도 아니야. 내 앞으로 편지가 온 것뿐이야."

"우편으로 온 건 아니겠지? 오늘은 우편배달이 되지 않는다고. 이 주변에서 아는 사람이 보낸 건가?"

파튼이 물었다.

"나도 잘 모르겠어."

나는 편지를 열기 전에 그 출처를 알기 위해 다소 소심한 태도로, 보낸 이의 필체를 유심히 살폈다.

"전혀 모르는 필체인걸."

나는 편지를 펼치자마자 재빨리 서명을 확인했다. 그 편지의 발신자를 확인한 순간, 나는 불쾌함으로 온몸이 딱딱하게 굳었다.

"바커로부터 온 걸세."

내가 대답했다.

"바커라고!"

파튼이 큰 소리로 외쳤다.

"도대체 그놈이 왜 자네한테 편지를 쓴 건가?"

"지금 곤란한 상황에 처했다는군."

나는 편지를 읽으며 대답했다.

"돈 문제인가? 자네한테 손이라도 벌릴 셈인가?"

파튼이 물었다.

"그것보다 훨씬 더 심각한 문제일세. 지금 런던의 교도소에 붙잡혀 있다고 하는군."

"뭐…… 뭐라고?"

파튼이 소리를 내질렀다.

"런던의 교도소라니? 도대체 뭣 때문에?"

"8월 16일, 화요일에 영국 남부에서 여인숙 주인을 살해한 혐의를 받고 있다는군.”

“미안하지만 나는 그놈이 범인이라고 믿네.”

파튼은 우리가 바커를 처음 만난 날이 지난 화요일, 즉 8월 16일이라는 걸 미처 깨닫지 못한 듯했다.

“잭, 그건 자네의 편견일세. 조금만 생각해 보면 그가 무고하다는 걸 알 텐데. 그는 지난 8월 16일 화요일에 바로 이곳에 있었네. 바로 그날, 자네와 내가 어깨에 상처를 입고 다리를 절룩이며 산길을 걷고 있는 그를 만나지 않았나.”

“그게 16일 화요일이었나?”

파튼은 손가락으로 날짜를 세며 말했다.

“그렇긴 하군. 하지만 나하고는 일절 상관없는 일이야. 더 이상 그놈과는 엮이고 싶지 않아. 그냥 감방에서 썩어가라고 해. 확실히 그래도 싼 놈이니까.”

“나는 그 정도로 비정하게 굴지는 못하겠네.”

주먹으로 테이블을 쾅 내리치며 나는 말했다. 파튼의 선입견이 도를 지나쳐서 판단력마저 흐려진 것이 못마땅했기 때문이다.

“그의 요청대로 나는 런던으로 가겠네.”

“그래서 그가 자네에게 원하는 게 뭔가? 알리바이라도 입증해 달라는 건가?”

“바로 그렇지. 나와 자네가 그곳에 가서 증언을 하는 거야. 그리고

이 호텔 주인에게 부탁해서 우리의 증언을 뒷받침해 줄 급사 소년
도 한 명 데려가야겠어. 필요하다면 비용은 내가 대겠네."

"자네 말이 맞아."

파튼은 골똘히 생각한 후에 대답했다.

"곤경에 처한 사람이 있다면 도와줘야 마땅하다고는 생각하네. 하
지만 나는 정말이지 칼턴 바커 같은 인간과는 어떤 일로든 엮이기
싫네. 특히 살인 사건이라면 더욱더 말이지. 그가 살인 사건에 대해
구체적으로 언급하던가?"

"아니. 그는 내게 17일과 18일자 런던 신문에서 그 사건에 대해
자세히 살펴보라고 하더군. 화요일 아침에 조사를 받으러 가야 하기
때문에, 사건에 대해 상세하게 쓸 시간이 없다면서 말이야. 그리고
그 사건에 우리의 증언이 반드시 필요하다며 어서 와 달라고 조바
심치고 있더군."

"우리로서는 정말 재수 옴 붙은 일이야."

파튼이 애석한 듯이 말했다.

"그러니까 이걸로 스코틀랜드 여행은 물 건너 간 셈이잖나."

"그의 입장에서 생각해 보라고. 얼마나 억울하겠나? 그에게는 스
코틀랜드 여행이 문제가 아니라, 자기 인생이 걸린 문제라고."

내가 말했다.

그리하여 우리는 월요일 아침에 에든버러로 가는 대신, 칼라일

(Car-lisle:잉글랜드 컴브리아 주의 수도 - 옮긴이 주)에서 런던으로 향하는 기차에 올랐다. 우리는 그와 관련된 범죄가 실린 신문을 구해 보려고 했지만 헛수고였다. 결국 런던에 도착한 후, 바커의 변호인을 만나서야 비로소 우리는 그 살인 사건에 대한 세부적인 정보를 얻을 수 있었다.

사건의 전말을 파악하자마자 우리는 이내 이 사건에 연루된 것이 후회되었다. 그것은 보기 드물 만큼 잔악무도한 살인 사건이었기 때문이다. 게다가 이상한 일이지만, 살인이 있던 시각에 바커가 살인 현장과 수백 마일 떨어진 곳에 있었는데도, 그 사건은 바커의 소행이라는 증거가 너무나 뚜렷했다.

철도원과 살해당한 여인숙 주인의 이웃들, 그리고 그 외 다른 사람들 역시 그 사건을 저지른 사람은 다름 아닌 바커라고 입을 모아 증언했다. 이들은 바커의 신원을 증명했고, 그의 어깨의 상처는 분명 살해당한 여인숙 주인이 방어를 하던 중에 그에게 입힌 상처일 가능성이 농후했다.

"우리의 유일한 희망은······."

변호인이 묵직한 목소리로 입을 뗐다.

"그의 알리바이를 증명하는 것입니다. 저는 솔직히 뭘 믿어야 할지 모르겠습니다. 제 의뢰인에게 불리한 증거들이 줄줄이 나오고 있고, 그 증거들은 너무나 완벽합니다. 하지만 제 의뢰인은 여전히 자신이 무죄라고 주장하며 두 신사 분들께서 그걸 입증해 주실 거라고 말했습니다. 여러분이 정말로 이번 달 16일에 케직 근방에서 칼턴 바커 씨를 만난 게 사실이라면, 제 의뢰인에 대한 불리한 증거들은 모두 무효가 될 것입니다. 그렇지 않다면 그는 결국 교수형에 처해질 것입니다."

"우리는 확실히 8월 16일 화요일, 케직에서 칼턴 바커를 만났습니다."

파튼이 대답했다.

"당시에 그는 어깨에 상처를 입고 있었고, 당시 그의 행색으로 보아 끔찍한 범죄를 충분히 저지르고도 남을 만한 사람이라고 느껴졌습니다. 하지만 그는 우리에게 자신이 스케일스 타른 근처에서 돌에 걸려 넘어졌다고 해명했습니다. 여기 이 친구는 그의 해명이 제법 그럴듯하다고 여겼습니다."

"그렇다면 당신은 그렇게 생각하지 않았다는 말씀입니까?"

변호인이 물었다.

"그건 여기에서 관계없는 이야기인 것 같습니다."

파튼이 대답했다.

"바커가 당시에 그곳에 있었느냐만 놓고 따지자면, 거기에는 전혀 이견이 없습니다. 그는 바로 그곳에 있었습니다. 우리가 그를 봤고, 다른 사람들도 그를 봤습니다. 그리고 그 사실을 이야기하기 위해서

성가시게 여기까지 끌려오게 된 거죠. 심지어 우리 증언만으로는 불충분할까봐, 우리의 증언을 뒷받침해 줄 호텔의 급사 소년까지 데려왔습니다. 하지만 충고할 게 있는데 말이요, 당신이 바커의 변호인이라면 그 문제에 대해 너무 깊숙이 따져 묻지는 않는 게 좋을 거요. 나는 그가 비록 이번 사건에서는 죄를 짓지 않았을지 몰라도, 그의 전과가 완전히 깨끗할 거라고는 절대 믿지 않소. 그의 얼굴 구석구석에 사악함이 스며있는 데다가, 그와 만나면서 겪은 일 중 법정에서 말하기에 석연찮은 것들이 한두 가지 있소."

"고맙지만, 충고는 필요 없습니다."

변호인은 무미건조하게 말했다.

"저로서는, 8월 16일 화요일, 오후 다섯 시 경에 그가 케직에 있었다는 사실만 입증하면 충분합니다. 살인이 일어난 것은 대략 그 시각이었지요. 목격자에 따르면 다섯 시 삼십 분에, 제 의뢰인인 바커 씨가 어깨에 칼을 맞고 피를 철철 흘리며 쓰러져 있었다고 합니다. 칼에 찔린 상처 이외에도 이 사건과 관련된 많은 증거가 있지만, 만일 문제의 그날, 바커 씨가 프렌튼에 없었다면 그는 석방될 것입니다."

"우리가 그의 알리바이를 증명하는 게 매우 중요하단 말씀이군요. 우리는 단연코 맹세할 수 있습니다. 그리고 그날 오후에 바커가 우리에게 준 증거물도 있습니다."

"하지만 저는 그 증거물을 제출할 수 없겠군요."

파튼이 말했다.

"바커에게 받은 물건을 호수에 집어 던져 버렸거든요."

"저는 바커에게서 받은 돌을 증거로 제출할 수 있습니다. 원하신다면 그렇게 하겠습니다."

내가 말했다.

"그 돌만 있으면 충분할 듯합니다."

변호인이 대답했다.

"바커 씨는 당신께 준 돌이 고향인 인도에서 얻은 진귀한 돌의 나머지 반쪽이라고 강조했습니다. 그리고 다행히도 나머지 반쪽은 자신이 가지고 있다고 했습니다. 만일 그 두 개의 돌이 정확히 합쳐진다면, 이 사건은 완벽히 매듭지을 수 있을 것입니다."

이윽고 변호인은 우리를 남겨두고 나갔다. 다음 날, 파튼과 나는 예비 조사에 출두했다. 바커에게 불리한 정황 증거들은 너무나 뚜렷했다. 그 탓에, 나는 그 시각에 우리가 케직에서 바커를 만났던 것이 과연 진실이었던가 하는 의심이 들어, 스스로에 대한 믿음마저 흔들릴 지경이었다. 하지만 그럼에도 불구하고, 우리의 담담한 진술과 그 진술을 뒷받침하는 호텔 급사 소년의 증언, 그리고 바커와 내가 각각 나누어서 가지고 있던 그 진귀한 반쪽짜리 돌 두 개의 아귀가 정확히 맞아떨어지자, 바커는 구금에서 풀려났다. 그리하여 잔악무도한 '프렌튼 살인 사건'은 미해결 살인 사건으로 남겨졌다.

바커가 풀려나자마자, 그는 내게로 와서 울분을 토하며 내가 그에게 베푼 은혜에 연신 감사의 말을 쏟아냈다. 우리가 런던에 머무르는 동안 그는 꽤나 싹싹하고 호의적이었다. 하지만 파튼은 여전히 그와 관련되는 것을 극도로 꺼려했기에, 바커와 어울리는 것은 주로 내 몫이었다.

바커는 언제나 시한폭탄이라도 안고 있는 것처럼, 앞으로 닥쳐올 문제를 두려워하는 듯 불안해 보였다. 그러던 어느 날, 그와 런던의 뒷골목에서 하루를 보낸 후에 나는 바커가 런던에서 가장 지저분하고 위험한 뒷골목에 대해서 낱낱이 꿰고 있을 뿐만 아니라, 범죄자 우두머리들과도 상당한 친분을 유지하고 있다는 사실을 알게되었다.

나는 마침내 참지 못하고 런던의 인간쓰레기들과 어떻게 그렇게 잘 아느냐고 대뜸 그에게 물었다. 솔직히 나는 내 질문에 그가 화를 내며 이유를 들려주지 않을 거라고 생각했다. 하지만 내 예상과는 달리, 바커는 그에 대해 놀랍도록 솔직한 대답을 들려주었다.

"말하자면 사연이 아주 길지요."

바커가 말했다.

"하지만 당신에게는 말해 주겠소. 식사하고 맥주나 한잔 하면서 내 이야기를 들려주리다."

우리는 미식가들의 천국이라 불릴 만큼 식당이 즐비한 런던 거리의 식당 한 곳으로 들어갔다. 우리가 자리에 앉아 점심 식사를 주문한 후에 바커는 이야기를 시작했다.

"지금까지 내 인생은 불운의 연속이었소. 나는 서른아홉 해 전에 인도에서 태어났소. 나는 행동거지가 바르고 나쁜 짓을 하지 않았는데도, 이번 사건처럼 아주 귀찮고 부적절한 일에 끊임없이 연루되었소. 다섯 살 때 캘커타에서는 내가 저지르지 않은 악행을 했다는 이유로 자유를 뺏길 뻔 한 적이 있소. 당시 열 살짜리 소녀에게 누군가가 부러진 유리조각을 마구잡이로 집어던져서 그 소녀가 거의 시력을 잃을 뻔한 사건이 있었소. 그런데 그 소녀의 말로는 그 유리조각을 집어 던진 게 바로 나였다는 거지 뭐요. 하지만 우리 어머니의 증언에 따르면 나는 그 시각에 집 안에서, 그것도 어머니가 똑똑히 보는 앞에서 놀고 있었는데 말이오! 거기까지는 괜찮았소. 그 소녀는 본인의 과실로 다쳐놓고서, 극악무도한 죄인 줄도 모르고 철없는 마음에 친구들에게 그게 내 소행이라고 떠들고 다닌 걸지도 모르니 말이오. 하지만 그 소녀가 자신의 주장을 굽히지 않자, 사람들은 점점 더 그 소녀의 말을 믿게 되었소. 그리고 우리 어머니가 곤경에 빠진 나를 구하기 위해서 거짓말을 하는 거라고 생각하는 사람들이 많아졌소."

"물론 당신 짓은 아니었겠죠?"

내가 물었다.

"꼭 그걸 물어봐야 하겠소?"

그의 창백한 얼굴이 분노로 벌겋게 달아올랐다.

"거기에 대해서는 대답하지 않겠소. 당신도 알다시피 나는 불과 며칠 전에도 그런 일을 겪었소. 내가 곤경에 처하거나 의심을 받을 때마다 번번이 나는 다른 사람에게 변론을 부탁해서 내 무죄를 증명해 달라고 요청해야 하오. 물론 당신은 당신 친구인 파튼이란 자처럼 나를 의심하지 않는다는 건 알고 있소. 게다가 나를 이렇게까지 도와 준 사람이니…… 당신께 화를 낼 수는 없소. 그러니 이번에는 그냥 넘어가겠소. 어쨌든 그 여자아이의 고소만으로는 우리 어머니의 증언에 큰 영향을 주지는 못했소. 그런데 또 다른 문제가 터졌지 뭐요. 그로부터 사흘 뒤, 둑에서 어떤 아이 하나가 누군가에게 밀쳐지는 바람에 평생 불구가 되는 사건이 생겼소. 그런데 그것도 바로 내 소행이라는 거요! 나는 아무 죄도 짓지 않았는데 말이오. 그러자 이번에도 우리 어머니는 내가 자신과 같이 있었다고 증언했소. 하지만 그 사건에는 목격자가 몇 있었는데, 그 목격자들이 아이를 밀친 것은 나라고 입을 모아 증언했소. 결국 우리는 내가 태어난 이후로 줄곧 살았던 그 집을 떠나기로 결정하고 영국으로 오게 된 거요. 내 아버지는 전부터 고국인 영국으로 돌아갈 생각을 하고 있었소. 그리고 내가 나 자신도 모르는 일로 캘커타에서 고약한 사건으로 이름을 알리게 되자, 아버지는 마침내 영국으로 갈 결심을 굳히게 된 것이오. 아버지도 처음에는 나와 관련된 이 수수께끼 같은 일을 어떻게든 해결해 볼 작정이었소. 아버지는 캘커타 전역을 샅샅이 뒤져서 그런 괘씸한 짓을 내게 덮어씌운, 나를 꼭 닮은 소년을 찾아다녔소. 하지만 주위 사람들이 나를 문제 삼는 데 그치지 않고, 우리 어머니가 나를 위해 거짓말을 한다며 어머니에게 손가락질하기 시작하자 우리는 그곳을 떠날 수밖에 없었소."

"그래서 그 수수께끼는 여전히 풀지 못한 거요?"

내가 물었다.

"뭐…… 제대로 풀지는 못했소."

바커가 뭔가 생각에 잠긴 눈으로 앞을 바라보며 대답했다.

"확실한 건 아니지만, 제일 끔찍했던 경험을 바탕으로 내 문제에 대한 가설은 세워 보았소."

"당신과 꼭 닮은 사람이 있다는 것 말이오?"

내가 물었다.

"바로 맞췄소."

그가 대답했다.

"그리고 그놈은 아직 사형당하지 않은 죄수들 중에서 가장 악질인 놈이 틀림없소."

칼턴 바커는 이렇게 말하며 입가에 묘한 미소를 띠었다. 그 말투는 마치 대단한 자랑거리라도 이야기하는 듯한 모양새였다. 자신과 꼭 닮은 인간이 있다고 말하는 그의 얼굴에는 자부심이 가득했다. 그 모습이 너무나 인상적이어서 나도 모르게 불쑥 이렇게 말했다.

"이 모든 일들이 있었는데도, 당신은 그걸 왠지 자랑처럼 여기는 것 같군요."

내 말에 바커는 와락 웃음을 터뜨렸다.

"비록 그가 시종 내 인생을 조마조마하게 만들고는 있지만, 한편으로는 그에 대해 자랑스러운 마음이 드는 것도 사실이오."

바커가 말했다.

"우리는 자신이 아는 사람이 성공하면 어느 정도 으쓱하는 마음이 생기지 않소. 그게 가족이건, 혹은 흉악한 '또 다른 자아'이건 말이오. 나는 예전에 자신을 나폴레옹과 동일시하는 어떤 영국인을 만난 적이 있소. 그는 자신이 그렇게도 존경해 마지않는 위대한 나폴레옹을 세인트헬레나 섬으로 유배시킨 데 대해, 자신의 고국인 영국을 치가 떨리도록 증오하고 있었소. 나 역시 미미하나마 그와 비슷한 감응을 느낄 수 있소. 수십 년 동안 다른 사람을 불구로 만들거나, 강도짓을 하고, 살인을 일삼았는데도 단 한 번도 잡히지 않은 사람이지 않소. 그가 그토록 성공적으로 범죄를 저지를 수 있었던 건 타고난 재능이라고 볼 수밖에 없소. 비록 그 자 때문에 나는 몇 번이나 목숨이 위태롭긴 했지만, 마음 한구석으로는 그 친구를 경외하는 마음을 지울 수 없소. 물론 그 자가 내 앞에 서 있다면 당장 그를 죽여 버릴 테지만 말이오!"

"그를 찾아보려고 하기는 했소?"

"물론이오."

바커가 대답했다.

"그를 찾는 건 내 인생의 과업이오. 나는 다행히도 충분히 먹고 살 만한 돈이 있어서, 나 자신의 수수께끼를 푸는 데 모든 시간을 쏟아 부으며 살고 있소. 내가 런던의 뒷골목에 대해 속속들이 꿰고 있는 것도 바로 그런 이유 때문이오. 당신도 봤다시피, 나는 범죄자들이나 뒷골목에 꽤나 친숙하오. 하지만 나 역시 당신처럼, 이들 범죄자들의 삶에 구역질을 느끼고, 우리가 아까 함께 봤던 뒷골목의 풍경들이 불유쾌하기는 마찬가지요. 하지만 어쩌겠소? 그 자는 분명 여전히 어디엔가 살아 있으니 반드시 찾아내야 하오. 최근에 그가 저지른 짓으로 보아, 그 자는 지금 영국에 있는 게 틀림없소."

"바커 씨, 이야기를 듣고 보니 당신의 처지가 참으로 딱하고 안타깝군요."

나는 자리에서 일어나며 말했다.

"부디 그를 찾고자 하는 당신의 노력이 결실을 보기를 바랍니다. 그 자가 하루빨리 교수형 당하는 걸 봤으면 좋겠군요."

"고맙소이다."

바커는 기묘한 눈빛을 띤 채 말했다. 하지만 나중에 돌이켜 보니, 그 표정은 내 말에 진심으로 감사하다는 태도라고 보기에는 부적절하기 이를 데 없었다.

III

파튼과 나는 애초에 우리가 계획했던 휴가 기간을 벌써 며칠이나 넘기고 있었다. 바커와 헤어진 그날 내가 숙소에 돌아왔을 때, 어서 일터로 돌아오라는 전보가 뉴욕으로부터 와 있었던 것이다. 그로부터 사흘 후에 나는 미국으로 돌아오는 배에 올랐다. 그리고 그 이후 다시 영국 땅을 밟기까지는 5년이라는 시간이 걸렸다. 그 동안 파튼과 나는 이따금씩 바커에 대한 이야기를 나누곤 했는데, 그때마다 파튼은 우리가 케직에서 만났던 그 낯선 이방인에 대한 적의를 여지없이 드러내곤 했다. 파튼은 기분이 좋다가도, 바커의 이름이 나오기만 하면 순식간에 기분이 나락으로 떨어지곤 했다.

"그 자가 살아 있는 한, 내 마음은 결코 편치 않을 거야."

파튼이 말했다.

"놈은 악마의 앞잡이야. 놈에게 인간다운 구석이란 털끝만치도 찾을 수 없어."

"그건 억측일 뿐일세. 얼굴이 좀 사악하게 생겼다고 해서 반드시 악당이거나 초자연적인 존재라는 법은 없지 않나."

"물론 그렇긴 하지."

파튼이 대답했다.

"하지만 옷에 아무 흔적도 남기지 않는 피를 가진 인간이라면 이 야기가 다르지. 안 그런가?"

그 점에 대해서는 나 역시 이해하기 힘들다고 고백할 수밖에 없 었다. 우리는 그것을 끝으로 바커에 대한 논의를 접어두었다.

그러던 어느 날 밤, 파튼은 종잇장처럼 하얗게 질려서 헐레벌떡 내 방으로 뛰어들어 왔다. 파튼은 너무나 흥분한 탓에 한동안 말을 하지도 못했다. 그는 완전히 겁에 질린 채, 나뭇잎처럼 바들바들 떨 며 내 의자에 털썩 주저앉아 두 손으로 얼굴을 감싸 쥘 뿐이었다. 내 가 무슨 일이 있었느냐고 물어도 그는 아무 말도 못하고 개처럼 끙 끙대며 신음을 흘릴 뿐이었다. 나는 그가 마음을 가라앉힐 때까지 조용히 책을 읽으며 기다렸다. 잠시 후 내가 다시 그를 바라보았을 때, 파튼은 다소 진정된 모습으로 활활 타오르는 벽난로의 불빛을 멍하니 바라보고 있었다.

"이제 기분이 좀 나아졌나?"

내가 물었다.

"그렇다네."

파튼이 느릿하게 대답했다.

"하지만 정말 끔찍했어."

"도대체 무슨 일이 있었나? 아직 내게 아무 말도 들려주지 않았잖 나."

내가 다시 물었다.

"바커를 봤어."

"그럴 리가!"

내가 소리쳤다.

"도대체 어디서?"

"병원에서 호출을 받고 시내의 뒷골목에 갔을 때 그곳에서 그를 봤 네. 헤스터 스트릿(Hester Street: 뉴욕 맨해튼의 로어 이스트 사이드(Lower East Side)에 있는 거리 - 옮긴이 주)에 있는 한 도박장에 사람들이 줄을 지어 서 있더군. 두 남자가 칼에 찔렸고 나는 그들을 구급차에 싣고 동행해야 했네. 하지만 두 사람 다 살아날 가망은 거의 없었고, 살인 자는 이미 흔적도 없이 사라진 뒤였네. 하지만 나는 누가 그 짓을 저 질렀는지 알고 있네. 그건 바로 칼턴 바커 그놈밖에 더 있겠나. 현장 으로 가는 길에 나는 골목에서 그를 지나쳐갔네. 그리고 내가 환자 들을 싣고 나올 때도 군중들 속에 놈이 있었어."

"골목에서 그는 혼자였나?"

내 질문에 파튼은 괴로운 듯 다시 신음을 내었다.

"제일 끔찍한 건 바로 그거야."

파튼이 입을 열었다.

"놈은 혼자가 아니었어. 그는 칼턴 바커와 함께였지."

"도대체 무슨 수수께끼 같은 소린가?"

내가 물었다.

"말도 안 되는 걸 봤어."

파튼이 대답했다.

"확실히 거기엔 칼턴 바커가 둘 있었네. 내가 골목을 지날 때, 판에 찍어낸 듯 똑같이 생긴 두 사람이 나란히 서 있더란 말일세. 그리고 둘의 그 핼쑥한 얼굴은 누가 뭐래도 분명 범죄자의 얼굴이었어."

"바커가 자네를 알아보던가?"

"아마 그랬을걸. 내가 그를 지나쳐 갈 때, 둘 다 숨을 삼키며 놀라는 표정을 지었으니 말일세. 내가 멈춰 서서 둘 중 하나에게 다가가서 말을 걸었을 때, 그는 마치 아예 존재하지 않았던 것처럼 홀연히 사라졌네. 내가 고개를 돌려 또 다른 바커를 불렀을 때, 그는 재빨리 다리를 끌며 어둠속으로 사라져 버렸네."

나는 머리를 한 대 얻어맞은 것만 같았다. 런던에 있을 때에도 바커는 충분히 수수께끼투성이였다. 그런데 이번에는 뉴욕에서 또 다른 자신과 함께 잔악무도한 사건에 연루되었다니! 그를 둘러싼 수수께끼는 도무지 풀릴 것 같아 보이지 않았다.

나는 파튼이 바커를 처음 만난 순간부터 그랬던 것처럼, 바커에 대해 점점 더 불쾌하고 꺼림칙한 기분이 들기 시작했다.

다음 날 아침, 신문에는 헤스터 스트릿에서 있었던 그 끔찍한 소동에 대한 기사가 실렸다. 비록 기사의 내용이 자세하지는 않았지만, 기사를 통해 파튼과 나는 바커가 두 사람을 칼로 찌른 범인이라는 것을 확신할 수 있었다. 그 기사는 피해자들의 상태를 간략히 기술하고 있었는데, 둘 중 하나는 지난밤에 숨을 거두었으며 다른 한 명 역시 오늘을 넘기기 힘든 상태라고 적고 있었다. 이들은 카드놀이를 하던 중 속임수를 쓴다는 이유로 신원불명의 두 영국인들이 휘두른 칼에 찔렸다. 가해자들은 모습을 감추었으며, 경찰은 범인들이 어디에 있는지 전혀 갈피를 잡지 못하고 있다는 내용의 기사였다.

이후, '두 사람의 바커'에 대한 단서는 더 이상 나오지 않았고, 그렇게 시간은 흘러갔다. 그들에 대한 파튼과 나의 기억도 점차 희미해져 갔다. 그리고 이듬해 여름, 나는 다시 영국으로 떠나게 되었고 바로 그곳에서 바커 사건은 절정으로 치달았다.

영국에서 있었던 이야기는 당시에 내가 파튼에게 보냈던 편지로 대체하겠다. 그 편지는 내가 그 충격적인 사건을 목격한 지, 한 시간도 채 지나지 않아서 쓴 것이기에 내 불안과 동요가 고스란히 담겨 있고, 다소 횡설수설하는 경향이 있다. 그런데도 그 편지의 내용은 한 치의 거짓도 없이, 틀림없는 진실이라는 점을 확실히 밝혀 두는 바이다. 그 편지의 내용은 다음과 같다.

7월 18일, 런던에서

여보게, 파튼. 자네는 지난번에 칼턴 바커가 이 세상에 살아 있는 한, 숨조차 편히 쉴 수 없다고 내게 말한 적이 있었지. 그렇다면 기뻐하게. 이제야 편히 숨을 쉴 수 있게 되었으니 말일세. 바커에 대한 이야기는 마침내 종지부를 찍었네.

드디어 바커가 죽었다네!

나는 오늘 아침에 아주 터무니없는 일을 겪었네. 그런 기묘한 일을 겪고도 이렇게 멀쩡한 정신을 유지하고 있는 것이 스스로도 대견할 지경이라네.

내가 영국에 도착한 지 일주일쯤 지났을 때, 세븐 다이얼스(Seven Dials: 런던의 코벤트 가든에 있는 일곱 개의 길이 만나는 지점-옮긴이 주) 부근에서 끔찍한 비극이 일어났네. 희생자는 한 여인이었는데, 범인은 인간의 탈을 쓴 악마였네. 그 불쌍한 여인은 잭 더 리퍼(Jack the Ripper: 1888년 8월 7일부터 11월 10일까지 3개월에 걸쳐 영국 런던의 이스트 런던 지역인 화이트 채플에서 최소 다섯 명이 넘는 매춘부를 극도로 잔인한 방식으로 잇따라 살해한 연쇄 살인범-옮긴이 주)의 손에 살해당한 것과 유사한 방식으로 온몸이 난도질당한 채 죽어 있었네. 하지만 그 살인자는 잭 더 리퍼와는 달리, 그 자리에서 현행범으로 체포되었네. 그리고 그 범인은 다름 아닌 칼턴 바커였지. 그는 재판에서 유죄를 선고받고, 오늘 열두 시에 교수형에 처해지기로 확정되었네.

그 소식을 들은 나는 오로지 호기심 때문에 재판장에 갔네. 그리고 피고석에 앉아 있는 자를 보았지. 그곳에 앉아 있는 자는 영락없이 우리가 케직에서 마주쳤던 바로 그 칼턴 바커였네. 다시 말하자면, 그는 우리가 아는 칼턴 바커와 모든 면에서 꼭 닮아 있었네. 만일 그 자가 바커가 아니라면, 그는 외모에서부터 이름까지 모든 면에서 바커를 완벽하게 모방한 판박이라 해야겠지.

하지만 그는 나를 알아보지는 못했다네. 그는 내게 잠깐 시선을 주기 했네. 그와 눈이 마주친 순간, 나는 완전히 주눅이 들어 눈에 띄게 움찔거렸네. 정말이지 그와 두 눈이 마주치자 무시무시한 공포가 온몸을 에워싸더란 말일세. 하지만 나를 본 그의 눈은 어떠한 동요도 없었네. 그의 눈에 비친 나는 재판 과정을 보기 위해 법정에 구름떼처럼 몰려 온 수많은 관객 중 한 명에 지나지 않았네.

만일 피고석에 앉아 있던 이가 우리가 아는 바커였다면, 정말 딱 잡아떼는 기술이 탁월하다고밖에 볼 수 없을 터였네. 그가 너무나 무심한 눈으로 나를 봤기에, 나는 그가 정말로 우리가 만났던 그 칼턴 바커가 맞는 건지 의심이 들었네.

하지만 오늘 아침에 일어났던 사건으로 그런 내 생각은 송두리째 바뀌었네. 피고석에 앉아 있던 바커는 실제로 우리가 만났던 바로 그 자가 맞았네. 그리고 그가 자신과 꼭 닮은 사람이 있다고 예전에 내게 했던 이야기가 모두 새빨간 거짓말이었다는 걸 이제야 깨달았다네. 그러니까 처음부터 끝까지 바커는 단 한 명이었던 걸세.

재판은 빠르게 진행되었네. 범인을 위해 증언해 주는 이는 단 한 사람도 없었고, 닷새 동안의 재판 끝에 그는 유죄 선고를 받고 교수형이 확정되었네. 그리고 바로 오늘 낮 열두 시에 사형이 집행될 예정이었지.

나는 오늘 마차를 타고 리치먼드로 갈 예정이었지만, 바커의 재판 때문에 기분이 상당히 가라앉은 상태였네. 나 역시 자네와 마찬가지로 그 자를 싫어했지만, 그가 마침내 사형장의 이슬로 사라질 거라 생각하니 마음이 좋지 않았네.

그의 사형 집행일 동안 도무지 뭔가를 즐길 기분이 나지 않아서, 나는 결국 예정되어 있던 리치먼드 여행을 접고, 오전 내내 책을 읽으면서 숙소에서 머물렀네. 하지만 그건 부질없는 짓이었네. 아무리 책에 집중하려고 해도 책의 내용이 도통 머릿속에 들어와야지 말일세.

내 머릿속은 온통 칼턴 바커에 대한 생각으로 꽉 차 있었네. 마침내 시곗바늘이 열한 시 삼십분을 가리켰을 때, 나는 마치 내가 바커 본인이라도 된 것처럼 바짝바짝 애를 태우고 있었네. 이제 곧 범죄로 얼룩진 바커의 삶은 교수대에서 끔찍한 최후를 맞게 될 터였지. 나는 시계를 손에 꽉 쥐고는 최후의 순간을 향해 째깍째깍 흘러가는 시곗바늘을 뚫어져라 바라보고 있었다네.

나는 의자에서 벌떡 일어나 몇 분 동안 초조하게 방 안을 서성이다 다시 의자 위에 몸을 던지고 시계를 쳐다보는 일을 반복했다네. 사실 오전 내내 그런 식이었지. 적어도 열두 시 십분 전까지는 그랬네. 하지만 열한 시 오십 분에, 누군가 내 방문을 가볍게 두드렸네. 나는 초조함을 가까스로 가라앉히고 문을 열었네.

여보게, 파튼. 나는 지금 떨리는 심장을 억누르며 간신히 용기를 쥐어짜서 이 글을 쓰고 있다네. 칠흑 같은 검은 옷에 시체처럼 창백한 얼굴을 하고, 중풍에 걸린 것 마냥 두 손을 벌벌 떨며 문지방에 서 있던 사람은…… 다름 아닌 칼턴 바커였네!

나는 그 모습을 보고 너무 놀라서 휘청거리며 뒷걸음질 쳤다네. 바커는 그런 내 뒤를 따라 방으로 성큼성큼 들어 와서 문을 닫고 걸쇠까지 걸어 잠갔네.

"도대체 뭘 할 작정인가?"

그의 행동에 불안을 느낀 나는 큰 소리로 외쳤네. 솔직히 말해서 두려움으로 거의 졸도할 지경이었다네.

"아무 짓도 안 하겠네. 적어도 자네에게는."

그가 말했네.

"자네는 적어도 내 친구라 할 수 있지. 하지만 케직에서 자네와 함께 있던 그 자라면 다르지……. 그는 내 적(敵)이니까."

그건 물론 파튼 자네를 말하는 거였지.

파튼, 자네가 그곳에 나와 함께 있지 않았던 것은 천만 다행한 일이었네. 그렇지 않았더라면…… 나는 자네 걱정에 온몸이 부들부들 떨렸네.

"어떻게 탈출한 건가?"

내가 물었네.

"나는 탈출한 게 아니야."

바커가 대답했네.

"하지만 이제 곧 내 저주받은 또 다른 나로부터 자유로워질 거야."

그는 이렇게 말하고는 시계를 가리키며 섬뜩하게 웃어대더군.

"으핫핫! 이제 오 분 남았어. 오 분만 지나면 나는 자유라고!"

그는 미친 듯이 소리를 질렀네.

"그럼 피고석에 앉아 있던 남자는 자네가 아니었나?"

내가 물었네.

"피고석에 있던 그 남자는……."

그가 천천히 입을 열었네.

"이제 교수대에 오르고 있겠지. 나는 지금 이곳에 있지만 말이야."

그의 목소리는 조금씩 떨리고 있었네. 게다가 술 취한 사람처럼 비틀거렸지. 하지만 곧 정신을 다잡고는 길고 하얀 손가락으로 내 의자의 등받이를 꽉 움켜잡더군.

"이제 이 분 남았어."

그가 속삭였지.

"곧 그의 목에 밧줄이 걸리겠지. 그리고 그 저주 받은 얼굴 위로 검은 천이 덧씌워지고……."

이렇게 말하고는 별안간 그는 미친 듯이 낄낄대며 웃어대더니 창문으로 달려가 밖으로 머리를 내밀고, 공기를 힘껏 들이마시더군. 마치 목이 바짝 타들어가던 사람이 물을 벌컥벌컥 들이키는 것처럼 말일세. 그러더니 다시 몸을 획 돌리고는 비틀거리며 내게 다가와 쉰 목소리로 브랜디를 청하더군.

다행히 브랜디는 손 닿는 곳에 있었네. 그리고 바로 그때, 웨스트민스터의 거대한 종소리가 정오를 알리며 울려 퍼졌네. 바커는 잔을 움켜쥐고는 높이 들어 올렸네.

"그를 위하여!"

바커가 이렇게 외쳤네.

파튼, 내가 지금 쓰는 내용은 진실이니 부디 믿어 주게. 내 방의 내 눈앞에서 그는 열두 번째 종소리가 끝날 때까지 그 자리에 못 박힌 듯 아무런 미동도 없이 서 있었네. 마침내 종소리가 멈추자, 그의 모습은 서서히 희미해지더니 마침내 연기처럼 사라져 버렸네. 그리고 그가 손에

들고 있던 잔은 그대로 쨍강하고 바닥에 떨어져, 수많은 유리 조각들로 산산이 흩어지고 말았다네! 〈끝〉

소소하지만 유쾌하고 독특한 유령 이야기

흔히 유령 소설이라고 하면, 그것도 19세기의 유령 소설이라고 하면 에드가 앨런 포의 단편소설들이나, 브램 스토커의 『드라큘라』나 메리 셸리의 『프랑켄슈타인』, 혹은 앰브로스 비어스나 엘저넌 블랙우드 같은 작가들이 그려낸 고딕풍의 음산한 이야기를 떠올리기 마련이다. 중세의 성이나 수도원, 묘지, 혹은 외딴 집을 배경으로, 귀곡 같은 바람 소리, 삐걱거리는 계단, 퀭한 얼굴에 검은 옷을 입은 여인, 아기 울음소리를 연상시키는 앙칼진 고양이 울음소리 등의 소재들이 어우러져 신비한 느낌과 소름끼치는 공포감을 주는 이야기들이 우리가 으레 떠올리는 유령 소설에 대한 이미지들이다. 동서양을 불문하고 유령과 관련된 이야기 속에는 이처럼 우리의 심장을 서늘하게 만드는 요소들이 있기 마련이다.

하지만 이 책을 펴든 순간, 내가 갖고 있던 기존의 유령 소설에 대한 이미지는 한순간에 와르르 무너지고 말았다. 페이지를 넘기면서 점점 나는 이 책이 유령 소설이 아니라 유령을 소재로 한, 작가 말마따나 지극히 '사실주의적'이면서도, 모던하고 유쾌하기 짝이 없는 아주 독특하고 매력적인 이야기라는 사실을 깨달았다.

이 책에 등장하는 유령들이 하는 짓이라고는 고작 하룻밤 사이에 소파의 색을 검은색에서 흰색으로 바꾸어 놓는다거나(이는 섬뜩하다기보다는 공짜로 소파를 커버링할 수 있다는 점에서 오히려 반가운 일이다), 무더운 여름밤을 시원하게 식혀주는 에어컨 역할을 해 준다거나(게다가 비싼 전기요금 고민도 싹 날려주니 이처럼 고마울 데가 없다), 단지 자신을 밀쳤다는 이유로 일 년 동안 주인공을 졸졸 따라다니며 귀찮게 하는 정도랄까(이쯤 되면 미운 정이라도 들 법하다). 그뿐인가, 원고를 쓰지 못해 괴로워하는 작가를 위해 불후의 명작을 무상으로 제공해 주기도 한다(다만, 사람들이 그 원고를 읽을 수 없다는 게 흠이긴 하지만).

그런데 이 어이없고 소소한 유령 이야기가 은근히 재미있다는 게 문제다. 비록 여름날의 더위를 잊게 만들 정도로 등골을 서늘하게 만드는 유령 이야기는 아니지만, 작가의 재기 발랄하면서도 적당히 품위 넘치고, 인간미가 뚝뚝 떨어지는 문장을 읽다 보면, 독자들은 어느새 이야기 속에 푹 빠져 드는 경험을 하게 될 것이다.

이 책을 번역하는 동안 몇 번이나 '진심으로' 웃음을 터뜨렸는지 모른다. 그 이유는 작가가 쓰는 언어는 제법 진지하고 품위 있고 고상한 데 반해, 그 내용은 황당하고 어이없기 짝이 없어서이기도 했고, 또 그의 글이 너무나 재치 넘치고 인간미가 흘러서이기도 했다.

어떻게 19세기(이 책이 출간된 해는 무려 1898년이다!) 소설이 이토록 세련된 유머를 구사하며, 21세기 인간을 이토록 웃게 만들 수 있단 말인가! 이 책이 120년쯤 전에 나왔다는 사실이 놀라울 뿐이다.

인문학적 지식에 '재치와 유쾌함'의
양념이 더해지다

그렇다고 해서 이 책이 무조건 가볍고 웃기기만 한 것은 아니다. 비록 짧막한 이야기들이지만 구성에 세련미가 있고, 인물들 간의 생생한 대화체는 내용을 더 실감나게 만들어 주는 동시에, 유쾌하면서도 품격 있는 문장들 덕분에 이 작품은 대중적인 유령 소설 이상의 매력을 선사한다. 그저 한 번 읽고 잊을 만한 이야기가 아니라, 독자들의 마음속에 재미 이상의 여운을 남길 수 있는 짧지만 강렬한 소설로 기억되리라 믿는다.

이 책의 작가 존 켄드릭 뱅스(John Kendrick Bangs)는 비록 우리에게 잘 알려진 작가는 아니지만 〈라이프(Life)〉지나 〈하퍼스 매거진(Harper's Magazine)〉, 〈하퍼스 바자(Harper's Bazaar)〉 등 오늘날에도 명맥을 이어오고 있는 미국의 유명한 잡지들의 편집자이자 기고자로서 당대의 독자들과 호흡하며 장르를 가리지 않고 다양한 글들을 썼고, 미국 근대문학에 많은 영향을 끼쳤다. 그는 초자연적인 허구에 대한 애착이 강했고, 특히 유명한 문학이나 역사적 인물들의 사후세계를 무대로 한 일련의 작품들을 썼는데, 이러한 작품들은 '뱅스 판타지(Bangsian Fantasy)'라는 새로운 장르를 낳기도 했다.

그는 역사, 철학, 문학 등 인문학에 조예가 깊었으며, 자신의 인문학적 소양과 문학적 재능을 패러디나 유명 인물들의 사후세계에서의 모임 등의 재미있는 방식으로 풀어내기도 했다. 대표작으로는 『백치들(The Idiot)』, 『스틱스 강의 하우스보트(A House-Boat on the Styx)』, 『워터고스트(The Water Ghost)』, 『엉망진창 나라의 앨리스(Alice in Blunderland)』 등이 있다.

뱅스는 비록 우리에게 다소 생소한 작가이긴 하지만, 현대적 감각과 풍부한 인문학적 지식을 갖춘 이야기를 재치와 유쾌함이라는 최고의 양념으로 버무려 독자들에게 선사하는 매력을 가진 작가인 만큼, 그의 작품이 국내의 더 많은 독자들에게 알려졌으면 하는 바람이다.

2016년 6월
윤경미

GHOSTS I HAVE MET, AND SOME OTHERS

내가 만난 유령

Ghosts I Have Met, and Some Others

초 판 1쇄 인쇄 | 2016년 6월 27일
초 판 1쇄 발행 | 2016년 7월 7일

지은이 | 존 켄드릭 뱅스 • 옮긴이 | 윤경미
펴낸이 | 조선우 • 펴낸곳 | 책읽는귀족

등록 | 2012년 2월 17일 제396-2012-000041호
주소 | 경기도 고양시 일산동구 호수로 336 (백석동, 브라운스톤 103동 948호)

전화 | 031-908-6907 • 팩스 | 031-908-6908
홈페이지 | www.noblewithbooks.com
E-mail | idea444@naver.com

출판 기획 | 조선우 • 책임 편집 | 조선우
표지 & 본문 디자인 | twoesdesign

값 12,000원
ISBN 978-89-97863-66-2 (03840)

이 도서의 국립중앙도서관 출판예정도서목록(CIP)은
서지정보유통지원시스템 홈페이지(http://seoji.nl.go.kr)와
국가자료공동목록시스템(http://www.nl.go.kr/kolisnet)에서
이용하실 수 있습니다.(CIP제어번호: CIP2016014644)